隨著靈魂的流動與文字的風向，縱情航行。

Voyage

蛇行之月

蛇行する月

櫻木紫乃
Sakuragi Shino

陸蕙貽 譯

削肉見骨，聚光燈下的表演者——櫻木紫乃的文學核心與特色

（本文涉及故事情節，請斟酌閱讀。）

文／陳蕙慧

四十二歲出版第一本小說著作，四十八歲拿下日本大眾文學最高榮譽直木獎，在眾多讀者與評論家間掀起話題並引發熱切期待的櫻木紫乃於接受採訪時表示，如果她有所謂的座右銘的話，那應該是「平凡地活著，寫平凡的故事」。

在台灣已先後出版五本作品，分別是《玻璃蘆葦》(2010)、《愛的荒蕪地帶》(2011)、《皇家賓館》《蛇行之月》(2013)和《繁星點點》(2014)，若仔細閱讀文本，約略可以看出二〇一三年以《皇家賓館》獲得直木獎的櫻木紫乃，不單單只是因以女性角度擴大視野而被譽為跳脫性愛文學窠臼的「新官能派」，更有甚者，或可從這幾部作品的主題與企圖，較全面性地理解其文學核心實則在探討荒涼人世中的男女，尤其是女性受本能驅使為追求愛與幸福而奮不顧身的悲哀。

本文試著就作者生平、閱讀及其影響、創作起點與關注面向，來概述櫻木紫乃的文學特色與生命思考。

拓荒者之後與故鄉霧港釧路

櫻木紫乃於一九六五年在北海道東部沿海的釧路市出生。釧路市以近三十萬公頃的廣大濕原（濕地）聞名，為北海道第四大城，位於釧路川出海口，瀕臨太平洋，並有阿寒川流經境內，夏季多霧，雖是北海道第一大港，漁獲量在一九九一年之前十三度占全國第一，但主要產業之漁業與曾風光一時的煤礦業皆已沒落，人口流失嚴重，近兩年來有十三個村落宣布廢除。

櫻木紫乃是移民拓荒第三代，祖父母的拓荒小屋即為一家立足之地，父母都是理髮師傅，在自家開了十五年理容室，她和妹妹由雇用的員工和學徒帶大。當時要成為獨當一面的理髮師需要十年學藝，許多人半途而廢，她們姊妹倆就是在這些來來去去的學徒照料下漸漸成長。父親結束理容室後，轉而經營名為「皇家旅館」的愛情賓館，櫻木紫乃高中時代每當課餘幾乎都忙於賓館的清潔打掃工作。

她在釧路念到高中畢業就到法院擔任打字員，二十四歲結婚，一年後辭職，成為專職主婦，一直要到生下了第二個孩子（女兒）之後才開始創作，並遲至四十二歲才以《冰平線》出道。

婚後她隨先生轉職，在釧路、網走、釧路、網走、留萌及江別等地遷徙，遍及北海道各處，然所見都是海，或太平洋、或日本海，以及日漸凋敝荒廢的漁村。這些地區、景象及生活其中的平凡人後來成了她筆下描繪的對象。

創作的養分源於閱讀與詰問

由於幼時沒有讀書的環境，櫻木紫乃是很偶然地接觸到小說的。初中二年級時，她家的一樓是理容室，二樓出租。一次，一個大學生房客搬走，她進到空蕩蕩的室內打掃時，發現一個滿滿是書的紙箱，和窗邊一本攤開的文庫本：原田康子的《輓歌》。

這是她第一次接觸文庫本，一翻開書頁便為書中男女幽微的心理轉折所吸引，全然忘了打掃。這部小說的場景就設置在春寒料峭時節的釧路市，這讓櫻木紫乃感到新鮮無比，不禁想像書中虛構的男女，在自己熟悉的釧路市內街道、圖書館及市民中心移動的情景，興起了再到那些地點走一遭，甚或擦肩而過的人都是書中某個角色的念頭和臆想。這股強勁的小說的力量，讓她產生提筆創作的衝動，不過這個想法卻要等到她三十多歲加入原田康子所屬的《北海文學》同人誌後才付諸行動。

而影響她後來創作面向極深的，當數她高中時讀的山崎朋子的《山打根八號娼館》（即電影《望鄉》原著）。這部被譽為女性史研究經典的作品，她不僅至今仍反覆閱讀，甚至自承是形成其作品風貌的重要根基。

這一點對於理解櫻木作品非常重要。櫻木閱讀《山打根八號娼館》時，焦點凝注於「女性身體的價值」和「賣春維生的樣態」，而最令她大感不可思議並值得玩味的是，女性自己所認為的身體價值竟與男性所思如此殊異！她想寫出這樣的差異及其衍生的隔閡、糾葛與人生百態，也想找出其中解答，因而一路寫作至今。

除了小說，十四、五歲看的一部由亞蘭．德倫主演的電影《愛人關係》，其結局的冷硬派風格讓櫻木為之醉心不已，這也可說是後來櫻木在作品結尾處理上深受影響的本源。

除此之外，她也嗜讀漫畫如《凡爾賽玫瑰》，尤其《緋紅稜線》、《亂世佳人》更是她每次要創作長篇之前，必定要全卷讀完才會一鼓作氣提筆趕工的固定儀式。

婚後她一邊撫育孩子，也再度開始大量閱讀，這段期間櫻木深深為花村萬月乾淨且優雅的文體著迷，處女作書名「冰平線」一詞即出自花村的小說作品《紫苑》。

從同人誌到參加商業文學刊物新人獎

就在她苦於《北海文學》的同人中少有寫男女關係主題者而缺乏討論機會時，主辦人鳥居省三鼓勵她投稿到商業性雜誌試試，並希望她藉此理解怎樣寫才能為陌生讀者接受。這便是她寫了近兩萬字投稿給《ALL 讀物》的契機，這篇題名為〈雪蟲〉的短篇小說於二〇〇二年獲得了《ALL 讀物》新人獎，又經過了五年的等待，終於收錄在《冰平線》中出版。

二〇〇五年她以〈霧燈〉入圍松本清張獎。

二〇一二年以《愛的荒蕪地帶》入圍直木獎、大藪春彥獎及吉川英治文學新人獎，儘管尚有一步之距，但家鄉率先褒揚她的成就，頒給她一座釧新鄉土藝術獎。

二〇一三年《愛的荒蕪地帶》獲得島清戀愛文學獎。而題材、表現手法獲得絕大多數評委激賞的《皇家賓館》則摘下直木獎。

「恥」的本質及女性身體的價值

或許自幼成長過程父母均忙於工作的緣故，櫻木對於「親緣」或「家族」的體會與一般人不同。例如，世人皆言「養兒方知父母恩」，她當然並非完全沒有同感，但箇中的領受和自小備受關愛的孩子有所不同。再則，青春期一心為求得父母的認可與褒獎，平時認真上學，一下課就換上運動服，在自家開設的愛情賓館清潔打掃，工作內容包括給還留有體溫的床鋪換床單、補充保險套、掃浴室及整理房間。

每一次面對賓館房間內浴室，尤其是床上凌亂的樣子，不管前來休息男女停留的時間或短短十五分鐘或過夜者，室內的狀態總是讓十五歲的少女櫻木陷入思索。她獨自待在如此異質空間，思考十五分鐘與二十四小時的差異，這期間發生的事定然各自不同，又必有相同。那日積月累男女交合的氣味、遺留的物品、弄壞的器具，在櫻木腦海中構成一方「成人遊樂場」的畫面，而這「成人遊樂場」對每個翻滾在床上的男女內心又映照出何種影像？

櫻木並不以身為愛情賓館老闆的女兒為恥，從不曾影響過她光明磊落地求學或交友，也不曾對大人產生嫌惡感或對未來心生絕望，頂多只是一邊收拾男女歡愛的善後，一邊心想，自己大概沒辦法以一種普通的心態結婚吧。身為長女的櫻木被反覆告知的反而是必須繼承家業，代替父親清償所有債務。而這座於二〇一二年停業的愛情賓館，無論是名稱或是如城堡般的橘紅色屋頂、白色外牆的外觀都如實寫入《玻璃蘆葦》與《皇家賓館》之中，以另一種形式繼承（保留）了下來。

在這兩部作品中，櫻木以她冷靜透澈的觀察之眼和清冽的文筆，寫出這座愛情賓館廢墟與在此登場的男女。當男人索求女人身體，當女人在男人面前極盡所能地敞開一切，自兩者內在湧現的渴求又是什麼？他們得到了那些或彼此嗎？

北地底層女性的幸福追求

無論是《玻璃蘆葦》、《皇家賓館》，或櫻木作品另一條鮮明的寫作路線：《愛的荒蕪地帶》、《蛇行之月》和《繁星點點》，書寫冰天雪地下於北海道求生的底層女性的命運，都有以下共同特色。

貧窮與不幸由誰認定

長篇小說《愛的荒蕪地帶》描述成長於北海道道東拓荒村赤貧家庭的百合江，中學畢業後被積欠債務的父親「賣」到藥房工作，在此失去處子之身，某年炫目於廟會上的劇團表演，毅然決定離開家鄉，跟著劇團展開四處漂蕩（流徙）的巡演生活。

書中橫跨三代的女子：放任丈夫為所欲為、無力管束兩個兒子、終日勞動只為勉強填飽家人肚子的百合江母親，最終也因酗酒變得愈發癡呆無感；從小送養過著優渥日子的妹妹里實突然被帶回破爛窮酸的家裡，倔強不服輸講求實際的個性，打拚出看似相對安定的人生，並對姊姊百合江的所作所為、對極度不屑的母親與姊姊的和解充滿複雜的情緒；以及姊妹倆各自的女兒理惠和小夜子也背負著難以卸下的沉重包袱，吃力地為眼前的難題和如何抉擇徬徨傷神。

然而，在稍縱即逝的一瞬機緣下，勇於追求前方不可見的幸福，就必然會帶來更巨大的不幸嗎？從外人的眼光衡量她們走過的艱辛道路，赤貧、厄運、苦命，期間沒有她們本身已然滿足的慰藉嗎？生命艱辛在那樣（任何）一塊無情的土地上，難道不是必然的事實嗎？她們選擇的、遭遇的，就那麼不值或不堪嗎？

而以短篇連作小說形式呈現的《蛇行之月》，更是透過一個拋下一切轉身逃走去追求幸福的女子順子的悲慘（外人眼光下）境遇，由她身邊同一社團的高中同學清美、桃子、美菜惠、直子、外遇對象和菓子店入贅老闆的妻子彌生，以及母親靜江，這六個女人在順子私奔事件後各自的人生道路，來探討：「幸福的定義是什麼？幸福的形狀，由誰來描繪？」

北海道水土養成，我行我素的強韌女子

貧瘠的土地、窮困的家庭、匱乏的受教育機會，使得這片北島上生長的女性往往過早地面對扛起家庭生計的責任、自身的人生道路何去何從，再加上景氣蕭條、就業選擇稀少，更逼得這些女性，或在同一個底層流動，或依附男人離鄉背井，遠走高飛，但大多數只能選擇在都市或市郊的某一個角落暫時安身，或繼續出逃。

《愛的荒蕪地帶》裡的百合江、百合江的母親、百合江的女兒理惠，《蛇行之月》裡的順子、在海上渡輪工作的桃子，《繁星點點》裡的脫衣舞孃塚本千春和奔放不羈的母親咲子，這些亟欲掙脫當前困境的女子，都是如此，她們身上蠢蠢欲動的不明物，使得她們一生在各地流浪，或在男人之間流浪，而四處浪跡忍耐飢寒交迫的身體，和與男人交纏發熱狂亂的身體，都是同一身軀。

女人的身體，是個至大的謎，但又是普通存在，是沒有任何不凡之處的物件。桃子在深夜渡輪上偏僻的黑暗角落與有婦之夫的交往對象交歡時，她終究明白，再怎麼攀上高峰激情吶喊，都是漂浮在水面上的、不著陸的短暫片刻罷了。

從脫衣舞舞台上窺見小說創作「魂」之所在

那麼，在大眾前公開展露身體的脫衣舞孃，又是怎麼看待激起他人亢奮激動的自身身體呢？

約莫是櫻木開始嘗試小說創作之際，她在《北海道新聞》上讀到脫衣舞孃清水 HITOMI 的連載報導，受到強烈吸引，於是獨自前往現在已經關閉的道頓崛劇場觀賞表演。她不禁驚嘆：「這根本是一篇小說創作啊。」

舞台上的女體，跟一般女子洗浴時的裸身是兩回事。脫衣舞孃的身體是著意修飾、打造的，沒有任何一根沒必要的雜毛，以美麗的身軀展現在聚光燈下，形成一個自我的宇宙。這個宇宙裡，有著舞孃的故事，相遇、滿足、別離、哀愁……舞孃在二十分鐘的舞台上搬演出這段故事，而後飄然下台。櫻木受到極大震撼：「這二十分鐘表演，實則就是一篇短篇小說創作！」

這樣的領會充分體現在她的短篇小說作品中，不但書寫脫衣舞孃半生經歷的《繁星點點》如此，且女主人公塚本千春的遭遇安排愈加殘酷，外人觀之不免不忍卒睹，可千春本人似乎不以為意，而這不以為意，在櫻木筆下，又極其自然，而有真實感。

短篇連作小說《蛇行之月》，也同樣服膺「削肉見骨，聚光燈下的表演者」此一創作理念，不僅捨得將足以發展為長篇小說的單個故事，盡可能地削除多餘的描寫，直到最短的篇幅內自成一個宇宙（世界觀）。所以，我們可以看見，當高中時一句玩笑的提議，讓最要好的同學順子受到感情上的重大挫敗，而後一畢業就職不久即與和菓子店老闆私奔，對此心懷愧疚的清美，她在職場上備受性騷擾、工時過長等等不平待遇，是如何因順子的舉動萌生覺醒，不再消極忍受雞肋般的感情與工作。

從清美、桃子，到嫁給原來順子愛慕對象高中國文老師的美菜惠，以及選擇不婚、當上護理主任的直子，這幾個同齡女子，在桃子受不了順子年年寄來賀卡表示自己很幸福的吃味心理下，一身光鮮亮麗，打算一較長短地去見了住在「首善之都東京」的順子後，她所看見的，也促發了她回到北海道即毅然決然採取了觀照自己的行動。

時光推移，一切事物都自然、真實地發生著，二十年後，可說事業最有成就的直子也去見了順子，她更是從這次久違的相會中，得到了心中一絲清明，轉變了某個意念。

由是，最早出逃的順子是第一個射出去的箭頭，受到衝擊或牽連的六個女人也以自己的方式，嘗試描繪了屬於未來的幸福圖樣。

只寫身邊看得見的五公尺距離內的世界

櫻木多次受訪，一再強調：「只會寫身邊看得見的五公尺距離內的世界。」這世界，當然最重要的是釧路市，四季變換風貌、彷彿無邊無際、漂浮於塵土之上的濕原，河川、海洋、充滿海潮氣息的空氣、大雪、建築物（家），以及生活其中的男女。

特殊的風土、特殊的性格，交織成櫻木紫乃安靜自持的筆觸下，一個個安靜的故事。所有的悲歡離合、波瀾壯闊，或痛苦、或癡狂，對於上了櫻木小說舞台的角色而言，就只是自然而真實的、普通地過著平凡日子的一場演出。是他們自己的故事，不管旁人怎麼看、怎麼解讀。

這是櫻木紫乃的功力。也是我們看見她如何削肉見骨所見的世界，如此深刻而迷人的所在。

（本文作者為資深出版人、編輯、譯者。）

目次

1984

清美

對著正在倒啤酒的清美，客人的手朝她的膝蓋伸去。

雖然很想把精神完全集中在啤酒瓶上，清美的眼角卻還是瞥見了那隻骨節突起、從膝蓋不斷向上游移的手。手背上的黑色汗毛，也朝著相同的方向蠢蠢欲動。

再也受不了了——

就在噁心感瀕臨崩潰極限時，啤酒終於倒好了。七分啤酒三分泡沫，很成功。對於喝日本酒的客人，她必須捧著清酒壺隨侍在旁；也有客人會點果汁、烏龍茶，或是兌水的調和烈酒來喝，但唯有倒啤酒，是讓清美最感到緊張的時刻。七分啤酒三分泡沫。清美總是一面抖著手倒啤酒，一面暗自祈禱能成功。

「神樂割烹旅館❶」的營業部社員是戶田清美與組長新田伊智子。兼任營業部長的董事是社長的兒子。董事平時就再三叮嚀，絕對不可以把客人的手揮開。清美白天穿著正式端莊的制服工作，晚上則是堆滿笑臉地替客人倒酒。

「給我聽好了，戶田，女人要當營業員啊，就是指白天是賢妻、晚上是娼婦。妳知道了嗎？」

今年四十歲的董事，決定轉換跑道經營旅館之後，便放棄了原本廚師的專業。他一邊誇耀自己過去除了參加婚禮與喪禮外從不穿西裝，同時將領帶較細的那一頭紮進褲頭裡。

董事嘴上抱怨著重打領帶很麻煩，此時上前幫他打領帶的女人，並不是忙於帶小孩的妻子，而是新田。她是董事的情婦。如果上班時間找不到新田，不外乎就是跟董事窩在客房裡耳鬢廝磨。那兩人互使眼色的模樣，怎麼看也談不上「低調」。

店裡負責櫃台的，是曾跟客人發生爭執而被溫泉旅館開除的新田組長；店經理原本是一間咖啡廳的老闆；至於負責廚房的料理長，則是在到「神樂」工作之前把自己開的店搞垮了。每個部門都是沒經驗的新手，依照新田的說法，就是「聚集在這裡的都是些沒工作能力、怪癖一堆的笨蛋」。成員彼此之間的人際關係，沒聽過誰對誰有什麼正面評價。交情還不錯的，大多是那些有肉體關係的人，但其實各自心裡卻又覺得對方是垃圾。

在帶頭舉杯祝酒致詞之後，清美開始忙著四處敬酒，此時董事終於現身，他上前為宴會主辦人倒啤酒，一邊和對方交際閒聊，一邊監視著清美招呼客人的方式。如果做錯了什麼，待會兒又要被叫到地下室的辦公室訓斥了。清美捧著酒瓶的手不由自主出力緊握。此時，背後傳來了呼喚聲。

「戶川小姐，這裡也要麻煩妳哦。」

「好的，我這就過去。」

❶提供「割烹料理」的高檔旅館。「割」：以刀來切，亦指生食；「烹」：用火來煮，亦指熟食。在今日，割烹料理多指高級和食料理。

正打算起身時，一隻不安分的手伸向她的膝蓋，取代了應有的那句「謝謝」。毫不掩飾、大剌剌地在她裙底窺探風光的腦袋，有一個、有兩個。清美在心裡嘆了大大的一口氣。為了每個月七萬圓薪水而不斷被吃豆腐的屁股與雙腿，一到冬天便乾燥得不得了，肌膚粗糙斑駁，皮屑像是粉末般剝落四散。即使如此，公司還是規定非得穿黑色薄絲襪不可，理由為何，清美也是無從問起。

與會者約二十人，這是一場中型的忘年會❷。海原中學職員的宴會主辦人，選擇的是一人五千圓喝到飽的方案，其中包含一成稅金與服務費，再加上還有提供瓶裝啤酒無限暢飲，所以酒水飲料費約為一千五百圓，剩餘的三千圓中，交給廚房的預算金額大約是一人一千兩百圓左右。在宴會之前，與廚房開會時總會招來他們的怒罵：「王八蛋！這樣的客單價是要我們端什麼菜出去？」一個人五千圓、共二十人的宴會，廚房可拿到的預算金額只有兩萬四千圓。每當將預算單交給廚房時，廚師們總是不屑地嘲弄：「哼，這算什麼割烹旅館啊？」聽說，私底下計算廚房預算的方式不是四捨五入，而是無條件捨去。千圓單位的金額無論是五千或九千一律捨去，廚房拿到的金額都相同。依照慣例，這一點大家也是心照不宣。

宴會的主菜是牡丹鍋❸，前菜是花枝與鮭魚生魚片，燒烤料理是鮭魚鐵板燒，下酒小菜是發酵秋鮭漬，燉煮菜餚為筑前煮❹，最後的收尾料理則是滑菇蕎麥麵。食材費的預算如此受限，即使自稱為割烹旅館，最多也只能端出這樣的菜色。如果是客單價一千圓的宴會方案，還會出現炸薯條和炒麵雙併料理，餐桌上看起來也就更加寒酸了。即使被抗議別再承接這種宴會，但還是每天都為了提高五百圓的客單價預算哭喪著臉，到處低聲下氣拜託客人。

等到炸薯條和炒麵上桌時，客人果然開始抱怨連連。

「巧妙圓滑地處理這種事情，不就是妳們的工作嗎？」董事大聲訓斥新田與清美。為了「致歉」，她們只好開始四處敬酒陪笑。如果有客人提出要求，她們連客人續攤時也必須陪著出席。比起第一攤，客人們的手又更大膽地伸向屁股了，清美一邊被新田睥睨著，一邊冒著冷汗跳著臉貼臉的社交舞。

即使如此，就算只是五百圓，她們還是無法成功說服忘年會主辦人，把一部分續攤費用挪移到第一攤的預算之中。

「感謝您今日的惠顧，春酒宴會時也期待您再次預約光臨。」

「如果妳可以陪我一整晚，以後過年過節的各種宴會我都選在這裡辦囉。」

在酒席之間開開玩笑只是序幕，一旦陪著去續攤，解散時客人就會露骨地邀約上

❷日本習慣於每年十二月舉辦忘年聚會，以慰勞一年的辛勞，類似台灣的尾牙宴。

❸日式山豬肉火鍋。因擺盤時習慣將山豬肉切成薄片，排列成圓形，看起來就像牡丹花而得名。

❹將根莖類蔬菜與雞肉或豬肉一起燉煮而成的日本鄉土料理，發源於九州福岡一帶。

賓館過夜。那些滿臉油光的中年男子，一離開一板一眼的職場，便有如脫韁野馬般變得大膽起來。

清美臉上雖然堆滿笑容，但心情早已經超過憤怒的程度，而是難過得幾乎快落淚了。只是，無計可施。

走出大廳、送走最後一位客人時，已經晚上十點了。因為主辦人自己先喝醉了，所以宴會從中途就開始變得亂七八糟。每當清美挪動膝蓋、想幫客人倒酒時，便會有男人的鹹豬手不知從哪裡伸過來。正當介意著那隻放在大腿上的手時，屁股卻又跟著被摸了一把。

清美走到地下室，在空無一人的辦公室裡打了卡。新田的出勤卡還是「工作中」的狀態，但是也沒在宴會廳那個樓層看到她。話說回來，董事也早已不見人影。他們大概又在旅館內的某處幽會了吧。

在只有一張榻榻米大的更衣室裡，清美先活動了一下喀喀作響的手臂與肩膀關節，接著轉了轉脖子。鎖骨轉一圈，肩膀轉一圈，脖子轉一圈，將全身的關節舒展一遍後，總共發出了五次乾癟的喀啦聲。最近即使睡上一整晚，也無法好好消除疲勞。每當睜開眼時，沉重的倦怠感總是瀰漫全身。

清美從置物櫃裡取出成套的綠色運動服換上，並確認換下的制服有沒有沾上汙漬。如果需要送洗，八百圓的清洗費可得自掏腰包。高中時代規定必須長到小腿肚的裙長，現在變成是膝上十五公分。公司規定她們必須穿上黑絲襪和五公分高的高跟鞋，這的確很像董事的作風。櫃台女職員的裙子只比她們的長了一點。清美曾好奇地問過新田：

「坐櫃台的人，她們上班時不是只看得到腹部以上嗎？」

直到現在，清美還是不懂為什麼。

摺起褲腳、穿上母親給的舊長大衣，再踏上鞋底貼有止滑橡膠片的女用包鞋，便看不出來裡頭穿著的是高中的體育服了。

外頭已經冷到快把耳朵凍掉了。白天時還有一、兩度，太陽下山後溫度就掉到零度以下。在這樣的氣溫下，如果只穿著一雙薄絲襪，可是會冷到一直找廁所的。

之前買的中古車，進入十二月之後狀態一直很糟。轉動了兩、三次鑰匙，好不容易才發動引擎。白色氣息化成了嘆息，讓擋風玻璃朦朧一片。一接近高中畢業的時節，大約從十月開始，就有許多高中生為了考取駕照而到這附近的駕訓班學開車。擁有駕照，是找工作的必備條件。

每當這個時候，清美總會想：「就沒有能一個人獨處的地方嗎？」

她想起了早上出門前媽媽說的話。

「如果清美也能一起去的話，該有多好啊！會長先生的話，總是令人打從心底感動到痛哭流涕呢！」

媽媽將一千圓鈔票放進信封裡，以憐惜的眼神看著星期六也必須上班的清美。自從妹妹昌美高中落榜後，媽媽去道場的頻率也愈來愈高。一想到媽媽放進信封裡的千圓鈔，是從自己給媽媽的家用裡拿出來的，就讓她很想把錢要回來。

實際拿到的薪水是七萬圓，當中的三萬補貼家用，一萬用來支付車貸，還有一萬是油錢和保險費。另外還要支付制服的清洗費、上美容院的費用和化妝品開銷。扣掉這些之後，清美的錢包總是囊中羞澀。

我是為了讓媽媽流出感動的淚水，才去讓人家摸屁股的嗎——？

幾乎就要脫口而出的這句話，最後還是忍住吞了回去。光是看到那張千圓鈔，就令清美想為自己掉淚了。

看了看擋風玻璃上的霧氣，清美從包包裡拿出一個信封。在熱車的這段時間，清美都會反覆閱讀一封信封上寫有「戶田清美小姐收」的信件。寄件人是田島勇，郵戳是四天前。若說讀經和布施是母親精神上的安定劑，那麼對現在的清美來說，她心靈上的依靠就是阿勇寄來的信。

在兩人於駕訓班認識之前，阿勇已經獲得一份在札幌的工作，聽說是某知名建設公司的子公司，名稱上冠有母公司的一個字。由於兩人參加的是高中生專屬訓練課程，所以經常搭乘同一班接送巴士。

對於容易一下子就放棄的清美來說，阿勇的「怒氣」相當新鮮。覺得教練的態度不好時，他會生氣地說：「那些傢伙的腦子裡是塞滿豆腐嗎？」因為，「花錢的可是我們吶」。

阿勇的信裡漢字很多，每次都會出現的就是「絮叨如五月蠅的上司」，一開始清美還因為看不懂而查了字典。他的信就像是加入會話的小說，雖然有些艱澀，但最近也慢慢習慣了。阿勇把他日益高漲的不滿寫在每週寄來的十張信紙上。等到北海道中部開始下雪後，他的怨嘆和怒氣應該會更加嚴重吧。

清美，我心裡抱持著「總有一天要辭掉這份工作」的野心，我仍未放棄成為小說家的夢想。因此，現在我才能蟄伏於此。絮叨如五月蠅的上司，在現場監督時那張令人憎惡的嘴，究竟何時才能閉上？在上次信中，妳提到想辭職一事，我支持妳。本週推薦妳的書是《紅與黑》以及《虹之斷章》。勇筆。

最後一段用了一整張信紙，並如往常般戲劇性地結束。清美讀完他在信紙上使勁寫下的漢字與詞語。阿勇所推薦的書，清美都儘量讀了。無論哪一本，讀來都很無趣，但她又擔心如果不把自己的讀後心得寄給阿勇，可能會惹得他不開心，偏偏這幾週以來，自己根本沒閒情逸致去看書。

冬天舉辦宴席聚會的場次增多，有時清美甚至會一路工作到凌晨。她總是勉強自己睜開眼，勉強自己上工。睜眼、工作，就這麼反覆著。

暖好引擎後，清美握著冰冷的方向盤駛上國道。往濕原方向的天空中高高掛著月亮，映照著寒冬中枯萎的蘆葦。

回到家後，清美把信紙攤開在桌上。雖然互吐牢騷並不會讓心情變開朗，但至少寫信的時間是一段專屬於自己的片刻時光。掛在桌旁的窗簾緩緩飄動著，因為忘了把窗上的縫隙用膠帶貼好，風趁隙鑽了進來。

田島勇先生：

你好嗎？天氣愈來愈冷了，你沒有感冒吧？聽說札幌每天都在下雪——

才寫到這，客廳裡的電話便響了起來。看看時鐘，十一點。清美完全想不出這時候有誰會打電話來。正聚精會神準備升學考的妹妹昌美，完全沒有一絲起身接電話的打算。媽媽為了替昌美的考試祈福，拿著「貢金」到道場去了。等到第四輪的鈴聲快要結束時，清美接起了電話。您好，這是戶田家。隔了一拍，清美聽到電話那頭傳來有些拘謹的聲音。

「這麼晚打擾，真是不好意思，我是須賀。請問清美小姐在嗎？」

清美認不出這聲音。她歪著腦袋，突然想起須賀順子的臉。

「妳是順子嗎？怎麼了？這麼晚打電話來。」
「不好意思啦，這麼晚還打給妳。」
聽到接電話的是清美，讓順子的態度也輕鬆了起來。
從高一到畢業，清美一直跟順子同班，社團活動也一樣參加圖書社，兩人是中午會一起吃便當的好朋友，但畢業之後卻沒有再聯絡了。畢業後是否留在當地、是升學還是出社會工作，這些決定都會讓高中時期的友誼出現許多變化。就算每天工作到筋疲力竭，如果工作條件不是真的差到讓人做不下去，也總比沒工作來得好。
清美想起畢業前夕那些貼在中廊的「確定錄取」名單。每到畢業季前，獲得公司錄取的學生姓名便會一一被貼在中廊。直到畢業典禮當天，她都沒見到寫著須賀順子名字的紙條。
後來聽也是圖書社社員、畢業後留在當地工作的角田直子說，順子似乎打算到札幌的和菓子店工作。順子的聲音雖然讓清美湧起懷念之情，但她還真沒想到順子會在這時間打電話給她。
「聽直子說妳到札幌去了。不好意思，連封信都沒寫給妳。」
「我知道妳很忙，招呼客人很辛苦吧？」
順子對於這麼晚打電話打擾頻頻道歉，但在硬幣落下的聲響之後，她的聲音變得緊繃起來。

「清美，那個，我明天要到東京去了。」

東京？小聲地複誦這兩個字後，清美便沉默了。順子輕快地說：

「嗯，東京。」

「等等，發生什麼事了嗎？」

順子說，她懷孕了。清美訝異地「啊？」一聲，然後語塞。

「所以，我打算逃到東京去。」

「為什麼懷孕了就要到東京去？說什麼逃走，妳到底在想什麼？」

順子回答的聲音，聽來比剛才更加開朗。

「沒辦法啊，因為對方有老婆。」

清美完全不知道該怎麼回答。無論是順子打這通電話的用意、懷孕的事、要跟有老婆的男人私奔的事，對現在的清美來說，都是另一個遙遠世界的事。

「他是和菓子店的師傅，是個每天都忙著煮紅豆、年過四十的大叔。他哭著跟我說想逃走，所以啊，我已經沒辦法留在這裡了。」

「妳再冷靜地想一下啦。這樣做……不太好吧？」

「我已經考慮過很多了。總之，我已經下定決心了。我現在就在車站，只是突然很想聽聽妳們的聲音。等我都安頓好了，再打電話給妳。」

「等等！妳跟直子和桃子商量過了嗎？」

「我打過電話給直子。」

「她應該很生氣吧！她沒生氣嗎？」

「她沒多說什麼，只叫我要多注意身體。」

考上護理學校的直子，是圖書社的智多星。當年因為社員太少而被逼著交出社團辦公室時，就是由直子負責與老師們談判，盡力守護著那被人唾棄為「廢物社團」的社辦。無論遇到什麼麻煩，直子總有辦法說出一套至理名言。

實在很難相信，那樣的直子在聽到順子的事之後，竟然只簡單說了句「多注意身體」而已？

「先這樣，沒錢了。」

等等！沒等清美把話說完，電話就被切斷了。

聽著話筒另一頭傳來的嘟嘟聲，感覺起來真像是一場惡意的玩笑或惡作劇。但，那的確是須賀順子的聲音。清美的心裡揚起了陣陣波濤。

「北海道公立濕原高中」位在釧路濕原邊緣填地而成的區域，看起來就像漂浮在水面上一般。不論是運動性社團或文化性社團，都抓不定想要發展的目標與方向，在那三年間，整間學校就像浮萍一樣漂流著。第一屆學生參加山葉音樂主辦的流行音樂大賽時，在棲戀度假村舞台上獻唱的歌曲〈High School〉，被學生們當成校歌來傳唱。上音樂課或自習課時，學生們更直接把老師晾在一邊，不是彈吉他練唱就是發表創作新歌。午休時，也總是有人在走廊上唱歌或彈吉他。

對音樂和運動都不在行的學生，實在沒什麼地方可去。為了消磨放學後的悠閒時間，和清美一樣的五、六名社員常窩在社團辦公室裡。因為只有圖書社有飲水機設備，所以也有只是來喝杯茶就走人的喝茶社員。

當初第一屆學生帶來後就一直放在那裡的卡式錄音機，老是播放著寺尾聰、恰克與飛鳥、稻垣潤一等歌手的歌曲。就算再怎麼美言，這都是一間連升學名校的邊都搆不著的三流高中。學生們每天遠眺著緊鄰校舍的濕原、盤旋在頭頂的丹頂鶴，還有跑得比田徑社社員還快的北狐❺。

只有現代國語一科考滿分，其他科目都是紅字的須賀順子，也是圖書社的一員。從一年級開始，她的現代國語一直都是滿分，原因就是因為她喜歡教這個科目的谷川老師。關於順子的記憶，大多都是關於高三那年夏天的事。

那時，就快要開始放暑假了。

「我想跟谷川表白。」

「她終於要採取行動了！」順子的一句話，令社辦的氣氛生出某種微妙的一體感。

「到底該怎麼做才好？大家幫我想想吧。」

情人節已經過了，谷川的生日在一月，聖誕節又還早……順子喜不自禁地環視著社員們的表情。大家你一言我一句地交換著意見，其中真正讓順子感興趣的，是清美的點子。

「找個下雨的日子，渾身淋得濕答答地去按他家的門鈴怎樣？」

「妙！這招太妙了！」

「然後啊，等谷川開門後，妳就說『除了這裡，我沒有地方可以去了』。」

「就決定這麼做了！」

當時，誰也不覺得順子是認真的。就連提出這個點子的清美，也覺得自己只是沒事閒聊、為了炒熱氣氛隨口說說而已。

暑假時，須賀順子真的執行了清美的提案。

「給我回去！」、「我才不要！」，兩人在教職員宿舍的玄關前起爭執時，被其他老師看到了。暑假結束、開學後近一個月，順子都沒到學校來。直到再這樣下去可能沒辦法畢業的缺課極限，順子才又開始出現在學校。

在秋風揚起時回到學校的順子，原本圓鼓的雙頰變得消瘦。

「真是太失敗了，我根本沒想過會引起這麼大的風波。我甚至還被迫去看了婦產

❺棲息於日本北海道地區的一種狐狸，英文名為Ezo red fox，為北半球赤狐的亞種之一。

科，我壓根兒沒想過，為了證明什麼都沒發生，竟然得做那麼討厭的事。」

秋風從社辦的窗戶吹了進來。順子的話裡，沒有一句是對清美的責怪。但，時至今日，清美的心中卻依然有被責備的感覺。當初知道順子找到工作時，清美連一封祝賀的信都寫不出來，由此可知清美的心結仍在。彷彿只要聽到順子的聲音，內疚感就會再次向清美襲來。

開學之後，谷川不再擔任班上現代國語的科任老師，從那時開始，無論在教室或是社辦，清美都刻意和須賀順子保持一定距離。那個暑假後，順子也沒有再提過關於男生的話題。

高中歲月、圖書社社辦，以及流瀉於走廊上的音樂聲，這些光景的點點滴滴又再次甦醒。記憶裡，扎著一根細銳的尖刺。那個有老婆的和菓子師傅，該不會是跟教現代國語的谷川有些相似吧？再一次，曾經深深扎入清美胸中的懊悔又回來了。雖然想聯絡直子，但想說的事在家裡也不方便談。身體好不容易才暖和起來，已經沒有力氣再離家外出了。

聖誕節的宴會菜單上也有「牡丹鍋」或「石狩鍋❻」啊？被宴會主辦人這麼一說，清美只能心虛地低下頭。整份菜單上，與平時不同的菜餚只有烤牛肉。在大廳送走了今天最後一組的宴會客人後，清美嘆了大大的一口氣。一名女服務生頂著一張浮妝出油的臉，不耐煩地咂嘴。那究竟是衝著清美、還是衝著因喝醉而步伐踉蹌的酒客而來？不得而知。

拖著沉重的身軀，清美朝地下室的更衣室走去，在樓梯上與新田擦身而過。

「您辛苦了。」

「我說妳啊，不去陪客人續攤好嗎？」

清美僵直了身軀，抬頭望向站在高兩階樓梯上的新田。

「為什麼不陪著去？」

「客人並沒有勉強我一定要去。」

新田的臉一沉，使勁地挑起眉毛。位在樓梯旁的廚房裡，也傳出了惡狠狠的怒斥及爭執聲。大概又是以召開「今日反省大會」為名目，彼此開始刀光劍影地相互攻擊吧？人家的火氣都很大。

新田深吸了一口氣。

「還年輕就這麼亂來啊，妳把工作當什麼了？混蛋，少跟我鬼扯！怎麼可以因為被摸摸屁股就想逃？妳那個屁股，再過沒幾年就一點用都沒有了！」

「新田姊……」

❻源自北海道石狩地區的地方性代表料理，是味噌風味的鮭魚火鍋。

連接到地下室的樓梯平台只鋪著清水混凝土，讓人更覺得冰冷。

「領得到薪水妳就該偷笑了。搞什麼啊！每個傢伙都只顧著自己輕鬆。」

辛苦妳啦——

新田話一說完就逕自上樓。她剛剛站著的地方，還飄著為了陪客人續攤而噴上的濃烈香水味。如果這就是董事口中的「大人世界」，清美覺得其中並沒有自己可立足之地。

事實上，她只是卡在不上不下的地方，徒然蓄積著幽怨嘆息。

好討厭——

回家的路上，清美在和緩的轉彎處透過後照鏡看向後方。隨著急轉的方向盤，街燈的光線朝著一旁流瀉而去。

好討厭——

又一次，厭惡的情緒強烈襲來。在街燈的光線裡，清美想起新田在新年宴會上拚命倒酒陪笑、跳貼面舞時被摸屁股的模樣。的確就像她說的，這個屁股再沒多久就派不上用場了，那只是時間的問題。

好討厭——

「辭職吧。」清美說。再一次，試著更大聲一點說看看。

「辭職吧！」

籠罩在心底深處的陰鬱霎時放晴，心中的猶豫也消失了。這是第一次，清美出聲詢問自己真正的心意。就算再有誰不耐煩地大聲斥責，她也不在乎了。

十二月三十一日，限定五十份的「特製年菜」宅配，終於在下午六點送完。臨時來店的人數不多，在客人的晚宴結束後，清美下樓走回辦公室。廚房今天也像戰場般混亂，每個人都很焦躁。裡頭的人手上都握著菜刀，再這樣下去，難保哪天不會有人在爭執中被砍傷。經理或業務組長等主管都被拖欠薪資，員工自然也沒有獎金可領，在這樣的工作環境裡，人際關係也只剩下殘骸。在這裡沒有什麼新年假期，大家明天都還是一樣要上班。

地下室的辦公室裡，有一個跟董事的辦公桌差不多大的保險庫，上頭擺著一隻齜牙咧嘴的木雕熊。剛開始在這裡工作時，清美和新田還曾經惡作劇，把從廚房拿來的小黃瓜放在熊的嘴裡讓牠咬著。那時候，新田還是個很照顧人的前輩。沒想到就在那天，銀行剛好不巧派人過來。

「真是個豪華的擺飾啊。」

對方無心的一句話，讓身為單細胞動物的董事勃然大怒，然而被痛罵的卻只有清美一人。當初心裡覺得很奇怪，為什麼新田沒被罵？後來知道他們之間的關係時才恍然大悟。

王八蛋。清美先在心裡罵了一句才走了進去。那隻熊，今天也張著嘴默默站著。清美出聲叫醒躺在沙發上呼呼大睡的董事。

「不好意思打擾您休息，現在方便談談嗎？」

董事一邊抹去掛在嘴邊的口水，一邊睜開了眼。他身上的襯衫，在肚子附近掉了一顆釦子。徐娘半老的會計事務員抬頭往清美這邊看過來。辦公室相當狹窄，以榻榻米的張數來算，應該不到十張大。天花板很低，身高一百八十公分以上的人必須稍微彎著腰才能站著。地下室空間原本被規畫為倉庫，所以辦公室裡連空調都沒裝，聽說還有員工曾因為缺氧而差點暈倒過。自從萌生辭意後，清美完全想不起這間旅館的任何一個優點。

「幹嘛？什麼事？」

董事似乎喝了酒。他只抬起頭，雙手雙腳都還軟趴趴地癱在沙發上。

「我打算只做到今天。」

董事抬頭瞪了清美一會兒，接著用鼻子「哼」一聲。

「所以怎樣？妳是要辭職嗎？」

「是。」

董事狠狠踹了一下沙發的扶手。

「是妳開口說要辭職的啊！妳最好給我記住。」

清美不懂他在說什麼。她問了董事身後的事務員：「他是什麼意思？」董事又把眼睛閉上，沒一會兒就開始打呼。

「自願離職啊。他的意思是，妳是自願離職，所以沒資格針對勞動條件多要求些什麼。妳有帶健康保險證吧？放在這兒，接下來要辦理退保的手續。」

清美從包包裡拿出健保證放在桌上，事務員連頭都沒抬起來，逕自繼續說道。

「如果還需要什麼文件和證明，到時可以郵寄給妳。」

「什麼文件？」

「找新工作時需要的文件啊。欸……前提是，如果妳之後做的是正經工作。」

事務員看都不看清美的臉。她大概覺得對於比自己更早離開這裡的人，沒必要露出微笑吧？如果立場對調，清美應該也會這麼做。語畢，她自言自語般地嘲笑：

「說什麼正經的工作咧。」清美將出勤卡插進打卡鐘裡。

『九點三十五分』

新田尚未打卡下班，還在出勤狀態，現在她應該在館內某處吧。清美本想去跟她打聲招呼，又連忙搖了搖頭。

坐進車裡，清美深深吐出一口氣，在前方等著她的，是與辭職的爽快感完全相反的現實。車子似乎快沒油了。一公升一百六十圓。在加油站前的看板上，寫著前所未有的高油價。二十公升就要三千兩百圓。就算之後不用通勤，基本的開銷還是很可觀。保險費、油錢、餐費。就算手邊一塊錢都沒剩下、就算左手進右手出，但是有收入跟沒收入可說是天差地遠。今晚，從現在開始，自己就沒工作了。清美的思緒就像觸碰到室外空氣的吐息般，凝結成白色的薄靄。從汽車音響中持續流瀉出恰克與飛鳥的歌曲。

今天是今年的最後一天。

今天，成了對明年不抱任何展望的一天。

凌晨十二點，清美與田島勇相約在神社碰面。兩天前寄來的信裡，提到要約在這裡見面。出門時，清美撒了謊：「我跟直子去新年參拜囉。」家裡似乎沒有人把清美的行蹤放在心上。

「阿勇，你買車了？」

「不是，是我爸的。我想在新年參拜完後帶妳去兜風。」

之後，兩人突然不知該說些什麼。沒下雪的北海道東部，空氣乾燥得讓肌膚發疼。清美往功德箱裡投了枚五圓硬幣，抽到的籤是「小吉」。

『等待之人，姍姍來遲』

『工作之事，決斷輕率』

清美忍住想嘆氣的衝動，將籤紙綁在樹枝上。

「我抽到大吉耶。」

「我抽到小吉。」

「那我的好運分妳一半吧。」

在停靠於神社斜坡下的車裡四唇交疊之後，車子毫不猶豫地駛進了河邊賓館街的排隊車陣中。車上的音響不斷播放著古典樂，當霓虹燈的光線照進車裡，這才看清楚錄音帶盒的背面寫著「巴哈」。

「這麼說來，你好像很喜歡古典樂？」

「嗯，我只聽巴哈。除了巴哈以外，其他的都不配叫音樂。」

發現自己喜歡聽的音樂對阿勇來說根本算不上音樂，清美笑了笑。不過，想到明天起就不用再被客人摸屁股，就連賓館刺眼的霓虹燈都不那麼讓人討厭了。今天，就是「該做」吧。清美想不到什麼必須矜持的理由。

「雖然已經是昨天的事，總之我把工作辭掉了。」

「是哦，早晚的事吧。重新再找一份工作，好好加油啦。」

雖然在信上如此熱烈地訴說著自己的職場瑣事，但阿勇似乎對清美的工作一點都不感興趣。至少今天，本以為至少今天他可以裝一下體貼、演一下溫柔的男人，畢竟今天是她的第一次啊。清美將這想法從腦中趕了出去。

狹小的房間裡還殘留著上一位客人的體臭。汗味、沐浴乳與沒聞過的酸臭味混雜在一起。標榜著「計費公開」的公告上，寫著「目前收費金額請見數位告示板」。賓館入口的看板上寫著夜間十一點後住宿費五千圓，但數位告示板上的紅色數字卻標示兩小時八千圓，按鍵式電話旁隨意擺著一個簡陋的「新年假期特別收費」說明板，清美終於明白，為什麼原本停滿的車輛會突然一台台駛離。房間裡充斥著阿勇不滿的咂嘴聲。

阿勇抬頭看了看告示板上的金額，急忙走進床鋪對面的浴室。透過床邊一大片的玻璃落地窗，浴室裡一覽無遺。轉開水龍頭後，熱水嘩啦啦地奔流著。這間房裡完全沒有一隅有隱私可言。

若說兩人的關係是愛情或戀愛，似乎還少了些什麼。雖然明明知道有些不對勁，但清美的腦子裡還是想著「有總比沒有好」。

浴缸裡的熱水快滿到一半時，阿勇走回臥室來。他不著痕跡地瞥了一眼金額告示板，將視線轉投到清美身上。

「去洗澡吧。」

在背對著清美開始脫衣服的阿勇身後，清美也將毛衣脫下。衣物籃只有一個，裡面放著與床單材質相似的浴袍、大浴巾和小毛巾各兩條。清美把這些東西移到床上去。阿勇維持著背對清美的姿勢，將脫下的衣服一件件整齊摺好，放進空空的籃子裡。清美慌張地將自己的衣服也疊好。如果放在床上，等等可能會礙事，但直接放在地上也不好，不過似乎也不該放在阿勇的衣服上。不得已，清美只好把自己的衣服放在旁邊的小沙發上。

正當清美把手放在內褲的褲頭上時，只有在國小健康檢查時才看過的高腰白色大內褲突然闖入她的眼簾。阿勇迅速地將大內褲脫下，拿在手上靈巧地摺好。

聽到阿勇說「快點」，清美趕緊把脫下的內褲塞在毛衣下。急忙走向浴室時，清美瞥見放在衣物籃裡、摺成邊長約十公分正方形的白色大內褲。

雖然很滑稽，但空氣中又充斥著不可發笑的緊張感。

阿勇在浴缸裡等著，清美跟著踏了進去。

——男人的裸體，為什麼這麼令人失望呢？

第一次看到的那東西，簡直就是個箭頭。第一印象總是在腦海裡揮之不去，即使盡可能撇過頭去，殘像卻還是烙印在清美的眼底。

沉默無語的浴缸裡，只有阿勇的那東西像個暗紅色的箭頭般直指天花板。直挺挺的，男人的箭頭。阿勇在浴缸裡的雙手將清美往身邊拉，急促的喘息聲，在耳邊聽來嘈雜惱人。他的箭頭撞上清美的下腹，若不是在水中，或許還會發出碰撞聲，就是那般堅硬。

那東西是骨頭嗎？不對，不是骨頭。明明不是骨頭，為什麼會那麼堅硬？

走出浴室往床鋪走時，阿勇急促地小跑步向前。被阿勇的舉動催促著，清美趕緊用大浴巾把身體包起來。

阿勇背對著自己戴上保險套時，清美看到動作笨拙的男人再次將頭轉向標示入住金額的數位告示板。

即使身體已經交疊在一起，阿勇卻始終找不到目的地。每當他的箭頭朝著錯誤的地方去時，清美還把身體移往床頭以便調整位置。左右折騰了大半天，等到終於抵達目的地後，阿勇卻一會兒就停止不動了。沒有想像中疼痛，沒有特殊的悲傷或喜悅，一切就這樣結束了。看著眼前的數位告示板，逝去的時間已無法重來。

「我去洗澡。」

清美也緩緩下床。下腹隱約痛著，小腿上乾燥的皮屑四落，膝蓋微微泛黑。她低頭看著自己貧瘠的乳房，上頭的指痕清晰可見。側腹上有個紅色印子，顯示出男人的嘴形。雖是自己的身體，卻像借來的東西。

就是這麼一回事吧！看到跟衛生紙一起被丟掉的保險套時，清美突然想起了順子的事。保險套裡，凝縮了男人拚命奮鬥後的成果。為什麼順子會跟一個就算是剛出社會的菜鳥也不會看上眼的男人一起逃離北海道，讓自己落入那樣的困境？誰都知道，懷孕並不等於就得把孩子生下來吧？

即使是有老婆也好，就算日後關係破滅或無疾而終也罷，順子對於眼前的男人，或許總是一心相信對方就是「無可取代的男人」吧？一想到這裡，清美感覺到一陣寒氣從背部及側腹襲來。

就算懷了阿勇的孩子，清美也不會把孩子生下來。那樣的懷孕只是一種單純的「意外」，她今後的計畫可不包含這項。雖然她還不知道自己打算做什麼，但對於這個「有總比沒有好」的阿勇，清美終究無法委身於他。捏成一團被丟在垃圾桶裡的奮鬥殘映，讓她聯想到自己，她不禁淺淺地嘆了口氣。

《紅與黑》，清美連一半都還沒看完。

進入房內一個小時又五十五分鐘後，阿勇打電話到櫃台去。看到阿勇在廁所旁的結帳櫃台把一萬圓紙鈔從皮夾裡抽出來時，清美打從心底鬆了一口氣。幸好不用兩人均分費用。

坐進車裡後，阿勇用愉悅的聲音問道：

「妳想找什麼樣的工作？」

這和當初在學校輔導室接受就業指導時聽到的問題一模一樣。事情的發展完全偏離清美的期待，朝著不同的方向而去。

「什麼樣的工作？我還沒想過。我也不知道自己適合什麼樣的工作。」

「妳是笨蛋嗎？」阿勇笑著說。

在濱海道路上等紅綠燈時，清美看著搖曳於冬季海面上延伸而來的月光之道，沿著映照在海面上的月光回溯，天空中掛著一輪皎潔的明月，似乎正半抬著臉頰訕笑清美。就像剛才留在她側腹上的吻痕一樣。

發現這張徵人啟事，是在一月五日的職業介紹所。

『北海道中央電力公司　新設營業部』

新設置的單位正在招募一名專職行政人員。資格不限，年齡二十五歲以下，必須接受筆試與面試。

母親對著在年底辭掉工作的清美抱怨：「為什麼妳要在妹妹考高中前做這種事呢？」之後便每天外出，勤於參加讀經會和冬季修行。面對母親質問：「難道不能等到春天再說嗎？」清美無言以對。

在指定的文件上填好資料後，清美將文件提交給窗口人員。戴著黑框眼鏡的職員，從落到鼻尖的鏡框上緣看了清美一眼，清美直愣愣地回看他。他身上燙得極為平整的襯衫，彷彿一動就會發出窸窣的聲響。清美想起她在「神樂」尚未付清的洗衣費。如果請款單來了，她還是得付吧。要八百圓，真捨不得。

「如果妳可以順利考進我們公司就好了。」

他把裝著文件的信封遞了出來。方才的撲克臉，變得柔和了起來。

「我考得進去嗎？」

「妳真的想就考得上啦，相信我吧。還這麼年輕，對自己多點自信。」

筆試舉行的時間在一月底，雖然只招聘一個人，卻來了二十個人應徵。有還穿著制服的高中生，也有看似行政經驗豐富的年長女性。最後進入面試階段的，只剩包含清美在內的四個人。

面試被問到的第一個問題是：「妳現在有交往的對象嗎？」突如其來的問題，令清美的雙頰發僵。

「沒有。」

「在之前的公司也沒有嗎？」

「沒有。」

頭頂上已是童山濯濯的面試官，不知究竟相不相信清美所言，他一面點頭說著「嗯嗯」，面閱讀清美提交的文件資料。清美愈是想隱藏自己的膽怯，雙腳愈是顫抖得更加厲害。

「妳的字很漂亮哦，我記得習字課只上到國中而已吧？」

「謝謝您的誇獎。」

「雖然有文書處理器或打字機，但我還是認為手寫字最棒。新設營業部的工作內容很多樣化。雖然工作很忙碌，但薪水卻不是太優渥。如果妳要從家裡通勤，收入夠用嗎？」

她那拚命克制不要盯著面試官頭頂的視線，幾乎垂到地上了。清美使勁自持，挺起胸膛。在高中時代，每到考試前大家都會向清美借筆記，連順子都笑著說清美的筆記最靠得住。自畢業後早已日漸消滅、輕薄得彷彿隨時會被一陣風吹散的自尊心，支撐著清美的情緒。

如果他們需要手寫字，我就盡力寫出最漂亮的字來。

在職業介紹所窗口，與裝著文件的信封一起收到的那句話，滲入了她的脊骨。

對自己多點自信。多相信自己一點！

「自高中畢業後，這是第一次有人稱讚我的字。我非常開心。」

這是第一次，為了讓對方了解自己的心意，清美如此謹慎地吐出每一個字。光說謝謝未免太含糊了。

結束面試回家的路上，薄薄一層鋪在海岸線上的積雪，映著天頂的陽光閃耀著。駛入港口停好車，由後照鏡向後看，可以看到車子後方拖著兩條長長的黑色輪胎痕跡。擋風玻璃的另一邊，則是海面上一道道的波光粼粼。

清美寫信給阿勇，告知自己接受面試一事，並且多加上一些敷衍了事的推薦書讀後感想。阿勇在收到信之後打了通電話過來。

「妳竟然走到面試這一關啦？那是非應屆畢業生的招聘吧，妳這沒經驗的傢伙應該沒希望。那不是妳考得上的地方啦，真的是『北海道中央電力公司』嗎？」

「上頭是這麼寫的。」

「很多公司的名字都很像，妳最好仔細確認一下。」

無論確認幾次，清美報考的那間公司確實就是「北海道中央電力公司」的新設營業部沒錯，招募內容也只寫著一般行政人員。從阿勇的嘴裡，聽不到一句正面積極的話。

兩人的對話比他推薦的書還無趣。

或許是對他叫她「妳這傢伙」的抗議。

妳有交往的對象嗎？

「沒有。」掛上電話後，清美小聲嘟囔著。

「那麼三月一日起，就麻煩妳了。」

知道被錄取的那一刻，不知道為什麼，「必須買衣服」的焦慮情緒竟然凌駕於喜悅之上。

已經沒制服可穿，今後都要穿自己的衣服上班了。面試時穿的是媽媽的西裝外套和緊身裙，任誰看了都會覺得是借來的衣服吧。比起喜悅與不安，不知為何，占據清美思緒的卻是關於「工作服裝」的煩惱。不知算不算好運，總之，春天開始就有工作了。而且，那裡沒有醉醺醺的客人，也沒有會突然破口大罵的上司。

究竟有什麼等在前頭，清美完全想像不出來，總之，只能往前走了。首先，要先買衣服才行。在焦急、猶豫之後，清美突然發現自己治裝的費用還沒著落，似乎只能先跟媽媽借了。東想西想煩惱許久，結果就這樣倚在沙發上睡著了。

電話鈴聲吵醒了清美。媽媽為了替妹妹的升學考祈福出門了，爸爸喝了廉價的酒之後不勝酒力而酣睡著。升學考試已經迫在眉睫，為了求心安，妹妹正翻開參考書發著呆。

是順子嗎？清美緩緩起身接起電話。是阿勇。他先裝模作樣地說著下雪的事，接著突然說：「我打電話給妳其實是因為……」

「上次我說了滿過分的話，心想會不會讓妳心情不好。」

「為什麼我會心情不好？」

「聽妳上次說，今天面試結果會出來對吧？我忙到連信都沒空寫。今天也從早到晚都在工作，累死了。對了，結果呢？」

「我考上了，從三月一日開始工作。」

一秒、兩秒，電話那頭在長長的沉默之後，阿勇抖著聲音說：

「妳騙人的吧？」

「真的。今天中午收到錄取通知的，我正想說要寫信跟你說一聲。」

阿勇說，妳這個騙子。他說的沒錯，其實自己腦中完全只想著第一天上班應該要穿什麼而已。

「該不會，妳覺得贏過我了吧？」

「什麼意思？」

「因為妳覺得妳的新工作比我的還要好，所以正沉浸在優越感裡吧？」

清美不知該怎麼回答。在沉默無語的清美耳邊，迴盪著阿勇如咒罵般的話語。「厭煩」這個詞該怎麼寫？真的有能夠跟自己此刻厭煩的情緒相襯的用字嗎？清美發現對阿勇來說，自己也是個「有總比沒有好」的女人，忍不住笑出聲來。

「王八蛋，妳在笑什麼？」

伴隨著狂暴的咒罵聲，對方擅自掛斷了電話。

今後再也不必讀根本不感興趣的書了。話筒似乎稍微變輕了。「屬於自己的時間」開始在胸中膨脹擴大，甚至向外溢滿到脖子附近。在清美豁然開朗的心緒裡，浮現出順子的臉龐。

「順子，妳這麼做真的好嗎？不後悔嗎？」

清美閉上眼睛，看到順子穿著制服微笑的模樣。不知從何而來的羨慕之情，倏地填滿了清美的內心。她們各自踏出了截然不同的一步，不過，都是貨真價實、自己所選擇的一步。順子的笑容穿透了清美的眼底。

雖然只是一步——

清美幹勁十足地睜開雙眼。

1990

桃子

渡輪「海之愛號」已駛離岸邊。

夜晚出航的渡輪，最大的賣點就是夜景，因此無論什麼季節，乘客們大多都是待在甲板上欣賞夜景，鮮少人會回艙內休息。離港不過十分鐘，已經離陸地頗遠了，海上的一切似乎也遠離了日常塵囂。渡輪將經由太平洋南下，於三十個小時後抵達東京有明港。

時值七月尾聲，航行於北海道釧路市與東京之間的渡輪今晚也是客滿。一邁入暑假，帶著小孩的乘客也大幅增加，讓船上充斥著暑假特有的喧騰氛圍。

海之愛號的乘務員藤原桃子，今日的工作是擔任販賣部收銀員，航行中的乘務員會被分派到餐廳或販賣部工作。位於渡輪中央的販賣部陳列著乘船紀念品、北海道土產、酒與零食。如何有效利用狹小的空間來陳列商品，可是一門學問，成功與否，將會直接反映在當日銷售額上。

桃子成為海之愛號的渡輪乘務員，至今已經六個年頭，她一年中有三分之二的時間都在海上度過。跟桃子同期進入公司的同事，已於今年春天離職結婚了，桃子因此成為女性乘務員中最資深的一個。

工作結束後，桃子走到深夜的甲板上。甲板後方的船具收納處有許多死角，走到覆蓋著黃色布套的纜繩收納處前，桃子停住了腳步。聚集在船尾的海風帶著濃郁的海潮味。跨過「禁止進入」的繩索後，氣味更加強烈了。

北村直樹將背靠在收納纜繩的布套上，等待著桃子。在海上，他是桃子的男友；在陸上，他就是有家室的三十八歲人夫。

北村說，我們比偶像劇裡的演員帥氣多了。第一次在深夜的甲板上遇見迎著風的北村時，桃子的確也這麼想過。發生關係以來的這兩年間，桃子總是一邊嗅著北村頭上的髮膠味，一邊聽著他滿嘴的甜言蜜語。一旦上船的日子和北村重疊，對桃子來說，哪裡是陸地，哪裡是海洋，全都變得曖昧不清了。

每次上船，桃子必定會跟北村發生肌膚之親，他們總是看著「禁止進入」告示板的背面激情交合。船尾拉出了兩道搖曳的白色浪花，向後方延伸並逐漸遠去。脫去胸罩後，北村的左手握住了桃子的乳房，待他的右手滑進底褲，桃子的身體便化成了海。就像船尾劃開那兩道白浪一般，完全敞開，無法停止。

她朝著海洋大口喘息。在這裡，無論發出什麼聲音都沒關係。腳下震耳的引擎聲與波濤聲蓋過了一切，任何聲音都一下就不見了。但，桃子卻沒有發出聲音，她不認為應該發出聲音。對於這個在陸地上擁有家庭的男人，這是她的消極抵抗。

曾幾何時，桃子的欲望全都遷徙到了海上。一年中有三分之二在海上的日子，變成她從現實逃開的時間。這個隱密的空間，對桃子來說，是個「禁止進入」的伊甸園。雖說是伊甸園，卻不見蘋果樹。桃子愈是貪戀這個男人，她的喘息就益發激烈；愈是拼湊著快樂的片段，就益發感到這一切或許早已與戀愛無關。想到這裡，桃子不禁微微發顫。如果是因為嫉妒在陸地上等著這男人的妻子，未免太過淒涼。

桃子將這些快樂當做給自己的獎賞，她也把北村的欲望視為對自己的獎勵，只有這段獲得愉悅的時間是確實存在著。就算這裡是被海洋所包圍的假想空間，也只有這些愉悅能夠在自己體內不斷綻開火花。

原本風平浪靜的海面湧起了波濤。當緩慢巨大的波浪將渡輪托起時，北村用力挺進桃子的體內。

抵達巔峰的炙熱被釋放於波浪之間。今晚，桃子還是無法得到北村。她已經一年沒聽北村提起「要離開老婆」這句話了。雖然期待日漸稀薄，但承接男人欲望的身體卻日益熟練。

「小桃，這次妳會留在東京休假是嗎？回航名冊上沒有妳的名字，這樣我會很無聊耶。」

「我要到東京見朋友。」

「男的？」

「女生，高中時跟我同一個社團的朋友。聽說她在東京結婚了，畢業後我們都沒見過面。」

「十天見不到妳，我會受不了啦。」

「你又來這套。」

雖然總是聽聽而已，男人的話卻在桃子體內四處翻攪著。群星在天與海的交界處閃爍，幽會時的月光是如此迷幻耀眼。

明明是伊甸園——海上卻沒有一束能尋找蘋果樹的光亮。

須賀順子從札幌的工作地消失後，已經過幾年了？聽說她跟一名和菓子師傅私奔了。後來知道和順子私奔的是個有妻子且大她二十歲以上的男人時，桃子非常吃驚。隨時節問候的明信片上，習慣性向右上方偏斜的字體密密麻麻排列著，東京、九州、大阪、名古屋，順子每次寄信來的地址都不一樣。相隔多年後，今年又收到了她從東京寄來的賀年卡。在此之前，桃子從來沒想過要見她，也沒特別想見她。今年之所以會嘗試和順子聯絡，是因為賀年卡上的一行文字。

『我現在過得很幸福。如果有機會到東京來，請跟我聯絡。』

桃子很納悶，至今仍然無法冠上夫姓❼、只能以「須賀順子」之名寄出賀年卡的生活，怎麼會冒出「幸福」這種夢話？對桃子而言，在陸地上收到順子寄來的賀年卡，「幸福」之於她也是一句夢話。

如果有機會到東京來，請跟我聯絡。

❼根據日本《民法》規定，在同一戶籍之下的夫妻必須採用相同姓氏，因此日本女性在結婚後大多不用本姓而改從丈夫的姓氏。

雖然聽說直子和清美也有與她通信，但誰也不知道她的電話號碼。這不免讓人直接聯想到，她或許過著連電話都沒有的生活。桃子回覆了一張簡單的明信片。

『妳好嗎？七月底，我會有幾天待在東京。如果方便見面的話，請跟我聯絡。』

她寫上入港的日期與聯絡電話，沒多久，就接到了順子的電話。桃子下榻在澀谷的旅館，兩人便相約在忠犬小八的雕像前見面。兩人約見面的地點，桃子根本沒去過，假裝對那一帶很熟，其實是因為她只有自信能找到那附近。順子聽起來愈是開心，桃子愈是覺得掃興。原本只是想要親眼看看她所謂的「幸福」到底是什麼模樣，如今，這個動機已變得薄弱了。

今年的東京是個酷夏。在這麼熱的地方生活，沒空調可不行。在柏油路上與在海上大不相同，沒有能夠立刻讓汗水蒸發的海風吹拂而過。

桃子穿著強調身體曲線的松綠色連身洋裝，站在忠犬小八雕像旁等待順子。

要和住在東京的同學見面，一不小心就會讓自己看起來太過庸俗高調。但是，站在到處都是時髦女性穿梭往來的都會街角，桃子可不想讓自己顯得畏縮。

她一面後悔怎麼不約個能遮陽的地方，一面忍耐著腳下柏油路蒸騰而起的暑氣。腳下踩著在渡輪上禁止穿著的八公分高跟涼鞋，每踏出一步，腳趾都要出力。桃子來回四處張望。已經到了和順子約定的時間，但若是著急不安地東張西望，只會暴露出自己鄉下人的身分，桃子刻意一派輕鬆地站在雕像前，將身體重心轉換到左腳的高跟鞋上。

「桃子，是桃子！」

對於眼前這名直呼自己名字的女人，桃子毫不掩飾地將她從頭到腳打量一遍。鬆弛的脖子、鬆垮的黃色T恤和牛仔褲，全然沒保養的頭髮綁成了垂在肩上的兩條辮子。最讓桃子感到驚訝的，是順子牽著的男孩，應該已經讀幼稚園了吧？他那雙跟媽媽極為相似的眼眸也看向桃子，右邊的鼻孔上還掛著一道鼻涕。

桃子第一次看到晒黑的須賀順子。高中時代的她，皮膚白皙。如今她那長滿雀斑的雙頰提得老高，抬頭望向桃子微笑。從T恤袖子裡露出來的胳臂也晒得黝黑。雖然兩人身高差不多，但因為穿著高跟鞋，桃子得低頭才能看到順子的臉。

「妳是順子？」

「桃子，妳好漂亮哦！我剛剛還有點猶豫要不要出聲喊妳呢。」

桃子突然開始在意起四周的視線，似乎所有人都盯著她們看。雖然想早點離開這裡，又不知道還能做什麼。順子身上的衣服比高中時期學校規定要穿的運動服還難看，但那雙眼睛卻依然和十幾歲時一樣熠熠閃亮。

「我們到哪裡去喝杯茶吧？」

滿心只想離開此處的桃子出言邀約，順子牽著孩子的手，說道：

「這麼難得，到我家去坐坐吧。」

雖然桃子點了點頭並邁開步伐，但接下來期待以外的發展卻讓她語塞了。換了三班電車後，桃子最好的一件連身洋裝已被汗水濡濕。愈往郊外走，乘客也愈來愈少。從在忠犬小八雕像前見面之後，順子便一直喋喋不休地說話，一下聊對風景的感想，一下聊天氣，一下讚美桃子的衣服，無論在電車裡還是在街道上都沒有停下來過。與其說在聊天，倒不如說像是在自言自語。桃子一面注意著周遭的環境一面搭著腔，強自打起精神。

下了電車後，順子也只顧一個勁兒地拉著小孩走。桃子平時很懶得走路，只要上陸，到哪裡都會開車。或許是因為在交通不便的地方長大的關係吧。

不過，她也不覺得順子已經像個都市人。看著順子的背影，桃子提議：「如果太遠，我們就搭計程車吧？」但那個背影卻未理會桃子的建議。

從下車的車站走了將近二十分鐘，順子終於停下腳步。來到東京後，甚少見到如眼前這般寂寥的商店街。

跟話多到讓人吃驚的順子相比，小男孩出奇地沉穩。明明是在電車裡四處亂跑被大聲斥責也不奇怪的年齡，一路上他卻只安靜地緊握住媽媽的手。

離開忠犬小八雕像後，已經過了一個半小時。

眼前的店家門前，垂掛著寫著「寶食堂」的暖簾❽。

「我們家老爸，現在是賣拉麵的。他本來是和菓子師傅，所以手很靈巧。在尋找能提供住宿的工作時，剛好這裡在找可以幫忙外送的人。後來拉麵店的老闆病倒，我們就付了房租把店頂下來了。」

「所以，你們現在擁有自己的店嗎？」

「是啊，算是獨當一面。」

想到這就是順子所謂的「幸福」，桃子全身癱軟了下來。原本還暗自擔心順子若過得比自己好很多她該如何自處，這下不必多慮了。順子所追求的「幸福」，實在與自己相差太多了。

「你們住在這裡的二樓嗎？」

生鏽的樓梯位在與隔壁住家之間約一個肩寬的狹窄間隙中，桃子跟在順子與小孩的身後走著。男孩的兩隻小腳輪流從過大的鞋子裡掉出來，腳底板髒兮兮的。

桃子還不知道孩子的名字。

「小輝，光輝的輝。」

桃子問為什麼要取這名字，順子一臉認真地回答：

❽日式門簾，通常為棉麻或帆布材質。一般日本傳統店家在營業時，會將印有商號的暖簾懸掛於門外，打烊時收起。

「因為我喜歡寺尾聰⑨啊。」

「把寺尾聰的錄音帶拿到社團辦公室的人就是順子吧！當時每天都在播。」

高中時很流行玩樂團，會玩樂器的學生大都參加了兩個以上的樂團。大部分的學生就像是為了參加樂團活動才到學校去，當時那是一所剛成立不久的新學校。

桃子從小學就開始學鋼琴，所以也有兩個樂團邀請她擔任鍵盤手。下課時，大家都聚集在走廊上，聽著某人的自彈自唱。民謠或搖滾歌曲都有。大夥兒聽著根本談不上佳作的原創歌曲，一邊在過多的主觀與稚嫩的經驗中嘗試取得平衡。

那時，桃子與擅長翻唱南方之星的歌曲而大受歡迎的「Pampers」樂團主唱交往了半年，後來因為男方劈腿而分手了。

他當時理直氣壯地說：

「穆罕默德有四個女人，比我還多一倍。」

時至今日，這句話依然高居桃子的笑話榜第一名。無論跟哪些人喝酒、無論跟誰聊天，這個笑梗總是大受歡迎。桃子從沒有對誰表白過。當桃子發現自己對某人感興趣，通常沒多久對方也會對她表示好感，很自然就在一起，也很自然就結束了。已經過了二十五歲的現在，她還繼續重複著相同的交往模式。

樓梯盡頭，有扇貼滿了美耐板補丁的門。

位在拉麵店二樓、僅有六張榻榻米大的兩房隔間，便是順子一家的落腳處。親子三人一起生活，這樣的空間足夠嗎？洗好的衣物就掛在窗外，因為就在街邊，如果順著拉麵店的招牌向上看，應該一下就看到那些衣物了吧？那裡掛著跟順子身上不同顏色的T恤和皺巴巴的短褲。

依序掛著四角內褲、三角內褲、三角內褲、四角內褲和胸罩。

十分寫實的生活樣貌。從鉤子處鬆垮下垂的白色胸罩，是沒有花邊也沒有鋼絲的便宜貨。這樣實用的簡樸款式，連桃子年近五十的媽媽都不見得願意穿。

雖然不是刻意一件件細看，但桃子卻忍不住端詳起內衣的樣式。身為女性，桃子認為胸罩跟內褲必須買整套的，而且絕對不能穿不性感的款式。

磨破的榻榻米上擺放著薄薄的坐墊，順子招呼她坐下。小輝俐落地移動到角落，背對桃子拿起玩具車。

「這裡是哪裡？」

坐在帶著濕氣的坐墊上，桃子問道。

「哪裡？」

「我不知道這裡在東京的哪個區域。」

順子毫不羞赧地回答：「這裡離東京市區有點距離哦。」這樣的「東京」，完全

❾日文名字的「聰」與「輝」發音相同。

超出桃子的想像。

太陽開始西斜，暮色漸濃。推開窗戶，便可聽見樓下拉麵店老闆大喊「歡迎光臨」的聲音。

「啊，熟客上門了。這時間光顧的都是在晚上工作的人，吃完拉麵後，他們就得一路工作到天亮。」

雖然此刻在屋裡的是桃子，但無論是誰在這裡，順子大概都會說一樣的話吧？沒有空調也沒有電扇的房裡，一點風都沒有，桃子連身洋裝內的身軀，已經汗濕到渾身不舒服。

刻意穿上的洋裝，現在卻只是平添尷尬。根本沒必要穿著時髦的衣服，也沒必要跟她較量誰比較幸福。桃子把失衡的心態擺在一旁，用上全副精神，希望能安然度過這段時間。

「桃子，在釧路的大夥兒都好嗎？」

順子在單薄的小桌子上放上連冰塊都沒加的麥茶和零食，直接把整張桌子捧到桃子面前。順子的腳踝上，有個大大的老繭。

昨晚在船艙裡小心翼翼塗抹的指甲油，如今看來講究得令人尷尬。或許因為平時很少穿涼鞋走路，和鞋子摩擦的小趾起了水泡。

桃子已經不想再跟順子比什麼了。不過雖然心裡不想，卻依然無法停止。

「小輝，請爸爸煮一下中華涼麵。煮好了再跟我說。」
聽到順子的交代，小輝什麼也沒說便跑了出去。
「雖然年紀小，但很懂事呢。」
順子「嗯」了一聲，將視線移到剛才小輝窩著的角落。
「不過，大概因為專注在自己的世界裡吧，他平時就不太說話。」
桃子再也說不出什麼話了。
和順子在一起時，桃子總覺得手足無措。斷裂翹起的榻榻米看起來很不舒服，若將眼神瞥向窗外，又會看見文風不動吊掛著的胸罩與內褲。如果這就是順子所謂的幸福，那在海上的自己究竟在找尋什麼？不聽話的髮尾從順子垂在肩頭的辮子中翹了出來。桃子想都沒想，便脫口而出。
「我說順子，妳在賀年卡上所寫的事情，我真的相信了，所以才來見妳。」
順子皺起了眉，似乎不理解桃子在說什麼。
「順子，妳到底在這裡做什麼？」
穿著那樣的胸罩，還跟一個無法跟妳結婚的男人生孩子。
「妳到底在做什麼啊？順子。」
跟有老婆的男人在一起，也不是什麼新聞了。把高中同學或差不多年紀的女人集合在一起，總會聽到相似的故事，根本多不勝數。

而且，幾乎每個男人都說他們會跟老婆分開。

但還真沒聽過有誰真的離婚。

因為不想承認被騙所以拖拖拉拉分不開，到最後也變得無所謂起來。

到哪裡都一樣。

雖然大家都這麼說，但又覺得「只有自己的狀況不一樣」。

等到似乎有新的戀愛機會時，跟有老婆的男人之間的關係，就像「期間限定」的祭典一樣畫上句點。相同際遇的女生開心地聚在一起，只要知道不幸的人不是只有自己一個，心裡便會滿溢著「毫無根據的自信」，安心享受聚會上美味無比的時髦食物與酒水。桃子與北村，也處在這場祭典中最熱鬧的階段。

桃子感覺到門外似乎有人，她抬頭一探究竟，看見一個身穿白色廚師服的背影。

順子站起來，追向門外。

「孩子的爸，你一個人在店裡沒關係嗎？小輝在樓下吧？嗯，謝謝你。」

門外傳來窸窣的說話聲。

「妳慢慢來沒關係。」

聽到男人的話，順子又說了一次「謝謝」。樓梯傳來下樓的腳步聲，那是跟順子一塊逃走的男人的腳步聲。桃子也聽過無數次男人從自己身邊逃走時的腳步聲，但，卻沒見過帶著女人一起逃跑的男人。男人的腳步聲是遠去、還是接近？桃子未曾像現在這樣，保持著一定距離，持續耐心地聆聽過。

原來如此——桃子終於明白了。正因如此，北村和自己才需要自船底發出的引擎聲及海浪聲。這樣一來，他們才能夠不聽到彼此的腳步聲。

中華涼麵的盤子在桌上並排著。順子撕開保鮮膜，把衛生筷遞給桃子。

「這是我們店裡的招牌，我們家老爸的拿手料理。妳吃吃看。」

涼麵上頭擺放著小黃瓜、蛋絲、火腿與番茄，就像隨處都看得到的中華涼麵。順子率先吃了起來。來到東京的第一天，一切都跟桃子想像的不一樣。雖說是拿手料理，但醋的酸味也太刺鼻了點。克制幾乎被嗆到的反應，桃子學順子大口吃著。為什麼？還是沒辦法忍住不問。

「順子，妳想回北海道嗎？」

窗下，走過幾個正值變聲期的男孩。順子輕描淡寫地說：

「回不去了啦！」

她的表情，就像在忠犬小八雕像前重逢時一樣直率開心。順子微笑著，她毫無遲疑的回答，反而讓桃子沉默了。

「桃子，妳聽我說。」

西斜的陽光灑在房裡角落。小輝的玩具車看來像是快融化一般。

聽著順子的內心告白，從高中校舍窗戶眺望出去所看到的濕原景色，此刻似乎再次躍然眼前。

「桃子，妳還記得教現代國語的谷川老師嗎？」

「嗯，記得。」

那是快放暑假之前的事。順子說她想向谷川表白自己的心意，讓位在圖書室角落的社團辦公室喧鬧了起來。就連平時根本不參與閒聊、只顧著睡午覺的直子，還有因為解不出家教作業而唉聲嘆氣的美菜惠也都抬起了頭。

面對強調這是最後告白機會而幹勁十足的順子，社員們各種不負責任的意見紛沓而至。那天，桃子與清美提出許多在少女漫畫中出現過的戲劇化場景。

「在教職員專用的停車場等他。」

「以有事要跟老師討論為理由，製造兩人獨處的機會。」

「可以打電話或寫信給他。」

清美突然伸出食指說：「我想到了！」讓大家把注意力全集中到她身上。

「全身被雨淋濕，走到他住的地方，然後跟他說『除了這裡，我沒有地方可以去了』，怎麼樣？」

順子聽到後也笑得東倒西歪。從每個人嘴裡說出的，都是自己根本做不到的表白方式。大家每天來學校上課，就是各自在心中醞釀著這些不切實際的妄想吧。

誰也不認為順子真的會這麼做，也沒想像過自己的提議會變成現實。

開始放暑假後，順子都沒有出現在學校過。社團的成員中，也沒人想到那是跟向谷川表白一事有所關聯。所以，聽到順子真的到谷川的宿舍去表白、甚至在教師辦公室及家長會引起騷動時，已經是暑假結束、開學一週後的事了。

「我記得啊。順子，那時妳一心拚命讀現代國語，每次都考滿分對吧？無論出什麼題目，妳都一定考一百分。」

「不過其他科目都不及格。」

把熟透的番茄放進嘴裡，順子笑了。

「那年暑假，真的有一天雨下得好大，還打雷和颳大風。我想，正因為那天我去表白了，所以才走到今天的吧。」

單趟步行約三十分鐘的距離，順子就這麼一路走到谷川居住的教職員宿舍去。

谷川的房間位在教職員宿舍一樓。雖然看到渾身濕答答的學生按了門鈴，他卻堅持不解開門上的鎖鏈。

「他竟然說『妳給我回去！』、『總之，妳快離開！』，門內拉上的鎖鏈，從外面是絕對解不開的，但至少也該借我一條毛巾吧？結果竟然就只給我那麼一句話。」

谷川緊抓著門把，不停重複說著「回去！」，讓順子也跟著賭氣了起來。既然都特地到這裡來了，一定多少抱持著讓對方理解自己心意的幻想。當時的順子希望自已至少能獲得些什麼回報，那是十七歲年輕女孩獨有的固執期盼。

期盼一個根本不可能得到的答案，結果是換來慘敗的下場。她究竟被傷得多深？桃子完全無從想像。唯一知道的是，順子能夠像現在這樣侃侃而談，代表在她心中那已經是一個「落幕的故事」。

「那時，一想到即使如此自己卻還是喜歡谷川，我就開始想哭了。雖然他帶給我那樣的回憶，但我竟然還是喜歡這個人，想著想著，我就完全忍不住了。」

因此，當時順子直接坐在地上大哭起來。樓上樓下共四戶的教職員宿舍裡，所有的門都打開了。

「等我回過神來時，我媽已經來接我了。那時連校長都被驚動了，真的引起非常大的騷動。」

桃子將中華涼麵裡最後一塊番茄放進嘴裡。酸溜溜的番茄，讓她的嘴唇似乎稍微腫了起來。

順子繼續說著。不一會兒，原本耀眼到幾乎要把屋內一角融化的夕陽已然消逝。麥茶也變得微溫。

暑假後，谷川被替換掉，不再擔任現代國語的科任老師。「但是啊，」順子說：

「畢業典禮後，我又去見了他一次。」

原來，谷川是一個讓順子不惜以「我已經不是你的學生了」這種理由再三央求，無論如何也想再見一面的男人啊。

桃子還記得他蒼白的臉與纖瘦身形，還有那套談不上乾淨的灰色西裝。

「結果，我竟然被同一個男人甩了兩次。老師他啊，竟然哭著跟我說『對不起，拜託妳放過我吧』。他甚至還趴跪在地上拜託我。不該這樣吧？好像我做了什麼不得了的壞事一樣。」

第二次去找谷川時，他讓順子進了他的宿舍。在四處堆放著搬家用紙箱的房裡，聽到已經畢業但還沒找到工作的學生對自己表白「我還是喜歡你」，不知當時谷川的心裡有何感想？他之所以哭著道歉，與其說是表達誠意，不如說是男人為了順利逃走而使用的殺手鐧吧。

桃子小聲嘟囔著：「趴跪在地上啊。」他會讓順子進去宿舍裡，是因為打從一開始就不想讓別人看到自己那副模樣吧？

大家都好狡猾。谷川、學校、北村和桃子自己都是。每個人都把自己狡猾的那一面藏得好好的。

順子開心地把辮子甩到背後，一面繼續說著。桃子又憶起圖書室裡滿是胡鬧笑聲的往日情景。

「之後，我就到札幌的和菓子店工作，然後就遇到我們家老爸了。」

順子口中的「老爸」，自國中畢業後就在和菓子店學藝，據說是一名認真熬煮紅豆餡、手藝很好的師傅。他的誠懇認真，讓和菓子店的老師傅非要將獨生女許配給他不可。這樣的人，卻在二十年後因為一個年輕女店員而讓生活掀起波瀾，大概誰也沒料想到吧。

「他跟我說，我是他第一個喜歡的女人。年過四十的大叔，竟然一邊哭一邊這麼對我說，讓我想起當年谷川哭著求我的那一幕，害我也跟著流下淚來。我啊，實在對男生的眼淚沒轍。」

「都那把年紀了，不算男生了吧？」

桃子本來沒打算插話，卻還是補了這一句。桃子被順子所說的話牽扯著情緒，她那不尋常的豁達讓桃子有些生氣。

「因為，他雖然說很喜歡我，但當我告訴他懷孕的事時，他卻說如果可以逃走的話，他好想逃得遠遠的。他本質上跟谷川是一樣的。但是，就因為他這麼老實坦白，反倒讓我認真起來了。我問他，到底為什麼想逃走？他說包括我、肚裡的孩子、他的家人，總之所有的一切他都想徹底逃開。不過，如果讓他一個人走掉，他大概會活不下去而死掉吧？一想到這裡，我就下定決心了。最後我跟他說，那我們一起逃走吧！」

之後，順子離開了北海道，開始跟孩子的爸過著四處流浪的兩人生活。當順子開始陣痛時，他們趕往位於長崎的婦產科醫院。順子笑著說，孩子雖然生下來了，但他們沒錢付醫藥費，只好半夜偷偷逃走。後來他們流浪到大阪、名古屋，但無論到哪裡，都還是被錢的問題困擾著。那種「肚子餓卻沒東西可吃的日子」，桃子完全無法想像。

順子與孩子的爸帶著襁褓中的嬰兒再次來到東京，最後落腳在寶食堂。

「自從離開北海道後，現在的生活是最好的了。所以，我真的很開心妳能來。我從來沒想過能擁有現在的生活。」

「……嗯，順子，妳怎麼會搞成現在這樣？沒結婚就把孩子生下來，也沒辦法好好打扮自己。」

這麼一來，我簡直就像個笨蛋一樣不是嗎？沒說出口的這句話，刺傷了桃子自己。順子皺起了眉頭，一臉困惑。但沒幾秒鐘後，她便一臉開朗地說：

「因為我喜歡上我們家老爸啦！我一旦喜歡上，沒辦法，只好豁出去啦。」

妳怎麼還能笑得出來？雖然很想這麼問，桃子卻發不出聲音。

回到旅館房間的桃子，將身體塞進狹小的浴缸中。時髦的浴鹽是海之愛號上限定發售的薰衣草色。桃子用手掌把胸前的熱水往下壓，被下壓的熱水撞上浴缸壁，從兩手手腕向後方旋流至背部。她又用力壓了一次，浴缸內掀起一陣波浪，讓她的身體毫無依靠地前後搖晃。

不知緣由的眼淚，一顆顆湧出她的眼眶。是因為順子所謂的「幸福」實在太淒涼，還是因為粉碎的優越感讓她感到寂寥？抑或是因為憎恨那些在順子面前落淚的男人太過狡猾？桃子自己也不清楚。等到回過神來，她才發現自己竟喃喃念著順子的名字，淚如雨下地哭泣著。

就算為了轉換心情特地跑去酒吧喝雞尾酒，就算刻意跑去刷牙，只要稍微一鬆懈，眼淚就會自動奪眶而出。

明明在陸地上，腳下卻不停搖晃著，彷彿波浪正將身體高高舉起一般。再繼續這麼一個人待著，似乎就快要無法站直身軀。

兩件衣服、首飾，還有比衣服更昂貴的成套內衣褲，便是桃子在東京休假期間的戰利品。

假期結束了。

登上渡輪當天，從特等房到二等房，幾乎所有的房間都客滿了。為了處理乘客之間的糾紛、補齊販賣部欠缺的商品，所有乘務員一整天都四處奔波著。醫務室和餐廳都忙得不可開交，桃子也忙碌得幾乎站了一整天。

深夜，每個「禁止進入」的角落都已經被人占用了。他們發出毫無遮掩的呻吟聲，以為在引擎和波浪的聲響覆蓋下不會被別人聽見，所以叫得更為激昂大聲。想到北村跟自己也這麼想，桃子忍不住尷尬地笑了出來。

她把背貼著牆壁，站在船尾等著北村。七月的海風很溫柔。女人的聲音從收納纜繩的地方傳了出來，她的喘息聲愈來愈激烈，隨後戛然而止。桃子非常想放聲大笑。她離開那裡，走到甲板上，將上半身往欄杆上靠。

被海水弄濕的欄杆讓體溫流失，桃子看著船尾後方接續而起的白浪。兩條白線逐漸岔開，直至完全分開，最後消失不見。

比約定的時間晚了二十分鐘，北村終於來到甲板上。

「真是受不了。」

聽說因為太過忙碌，所以乘務員之間也吵了起來。本來打算介入調停，但身為上司的北村也莫名其妙地成了眾矢之的。

「小桃，妳今天看起來心情很好哦，是因為很久沒見的關係吧。」

桃子接受北村的邀約，走進了有人才剛使用過的甲板死角中。波浪的聲音變得好遙遠，但潮水的味道卻愈來愈濃烈。

在北村手指的引導下，桃子體內深藏的炙熱流瀉而出。這股炙熱沒有目的地，輕易地從男人的肌膚上滑落。桃子的炙熱是只屬於桃子自己的，在海上流浪一回後，某天將會再次回到自己的身體裡。雖然一點自信和根據都沒有，然而現在，桃子不知為何就是想要這麼相信著。

順子——

海上與陸地，哪一邊才是真正的現實？在完全搞清楚之前，桃子決定讓自己再漂泊一陣子。總有一天，即使再不情願也會自然得出答案吧。

男人在她耳邊細語著。

「小桃，下次我們在陸上做吧？」

為了克制笑意，桃子用力縮了縮下腹。男人發出了有些難受的喘息聲。

吸、吸、吐氣、吸。

將吸入肺裡的潮水味釋放出來。

「不行。」

男人在還來不及問為什麼不行之前達到高潮。桃子將視線移到翻滾的波浪之間，她也高潮了。

當天，北村回到艙房後，桃子還留在甲板上。看著東方的天空逐漸翻白時，桃子的腦袋與身體都冷了起來。她想，或許日後每次與北村交纏時，都會想起順子的事吧。一想起順子，原本對於未來該有的「幸福輪廓」便變得模糊起來。有一天，自己遲早也會對這樣的歡愉生厭吧。

寒意讓桃子的牙齒打顫。在性愛帶來的漫長顫抖退去後，桃子開始覺得自己並不是打從心底欲求著北村。未來，無論兩人如何占據對方的身軀，無論在海濤間如何飄蕩，自己似乎也不會羨慕男人停留在陸上時度過的日日夜夜。

無論北村是有意識的也好，是無意識也罷，他之所以能完全將現實生活留在陸地上而登船，理由就在於他可以將需要與不需要的東西清楚區分開來吧。

沒有人能像順子那樣生活。桃子終於懂了。

順子究竟為什麼「回不去北海道了」，桃子已經不想再去思索。

或許，當決定要捨去什麼東西時，也只能盡可能地遠離它。如果還抱持著遲疑，想要割捨的東西很容易又會再回到自己手中。承認自己的軟弱，然後讓它成為遠離的好理由。

船尾兩道白色的波浪，最終也是再回到海中。

渡輪駛往的目的地，正是順子為了邁向未來而必要的「捨棄之地」。

回到陸地上後，桃子把海之愛號的所有商品裝滿一整個紙箱。

T恤、短褲、浴巾、毛巾，一共親子三人份。雖然只看過背影，但順子家的「老爸」一尺寸應該是M號吧。信封信紙組、吉祥物玩偶、鑰匙圈，箱子的一角塞滿許多標有北海道名產的東西。還有空位的地方，則塞進了要給小輝的巧克力和糖果。

桃子寫了封信。

順子，上次真是謝謝妳。回到旅館才想起，竟忘了跟你們家「老爸」打聲招呼，真不好意思。

過去我一直覺得，順子妳應該過得很不幸福。真的很抱歉。見過面後，我重新思考了關於妳、你們家老爸和小輝的事。老實說，現在依然在我的腦中揮之不去。

請妳要一直幸福下去。如果妳想看看北海道的景色，隨時都可以跟我說。我可以用員工優惠價幫妳訂一間不錯的艙房。不知不覺間，我已經變成女性職員中最資深的一個了，不過，我還想在這裡多努力一陣子。跟妳見面後，我這麼下定決心了。

請多保重。　桃子

一面寫信，桃子一面想著，希望順子可以一直保持自己的模樣生活下去。

桃子拿起封箱膠帶、正準備把紙箱封起來，手卻突然停了下來。她把闔上的紙箱再次打開來。

『須賀順子小姐』

她凝視著信封上的字。雖然身在自己的房間裡，腳下卻開始搖晃起來。那股晃動逐漸往上到膝蓋、大腿、腹部，一路延伸到胸口與頸項。她似乎嗅到海水的味道。從未體會過的深刻寂寞蔓延開來。桃子覺得，無論之後是跟誰在一起、無論是在陸地或海上，這樣的情緒都不會改變。

『須賀順子小姐』

桃子閉上雙眼，眼前浮現那斷裂分岔的榻榻米與夕陽。東京今天也很熱吧？她把放在紙箱裡最上頭的信封拿起來，一鼓作氣撕碎。

接著，她拿出影印紙，用麥克筆寫上「上次真的多謝妳了！桃子」幾個大字，完全沒摺就直接放在紙箱內的最上方。

隨後，桃子闔上了紙箱——

1993

彌生

新綠已化為深濃的綠色，將札幌的春天點綴得斑斕多彩的各式花朵，也一一換上夏季的容貌。

福吉彌生即將邁入五十歲了，她站在店外，眺望著外觀與內裝都幾乎未曾改變的「和菓子屋　幸福堂」。這是當初她誕生時，父親重新改建而成的家。一年前父親因病倒下，創業八十年的老鋪招牌現在改由彌生來守護。

在父親那一代，陳列櫃中原本擺設的主力商品是傳統日式上生菓子，等到彌生結婚時，為了因應時代潮流，已經改以豆餡大福與糯米丸子串為主。具有歷史感的紅漆，替陳舊的店面增添了幾分古色古香，每天都用心擦亮的陳列櫃，再過四個月就要功成身退了。

幸福堂將於十月移往百貨商場的一隅設櫃。為了籌備新櫃開張，這陣子忙得人仰馬翻。

要維持一家店本來就不容易，每一天的營業都令人戰戰兢兢。老鋪的招牌是個沉重的負荷。事實上，光是維持彌生的日常生活與支付和菓子師傅的薪水，就已經相當吃緊了。

「多少擴大一些銷售通路吧！」當初這麼跟彌生建議，並且幫忙與百貨商場搭上線的，是負責管理當地和菓子店家的傳統老鋪「菓子處　尾崎」第三代接班人尾崎悟。與百貨商場之間的應酬與交涉等對外事務，幾乎都是由尾崎負責處理。丈夫恭一郎離家時，彌生第一個商量的對象也是尾崎。

從那時開始，彌生便埋首努力守著家中老鋪的招牌。雖然沒有自信，但由於抱持著或許還可以再多撐一陣子的自我期許，促使她決定推動將店鋪移往百貨商場地下街的新計畫。

蒸豆子的香氣從店內飄了出來。自從丈夫離家後，幸福堂的主力商品就換成了甘納豆。在廚房裡呼喚彌生的是初江師傅，雖然才四十多歲，但她煮甘納豆的技巧並不遜於其他老鋪的師傅。若當時尾崎沒有把初江介紹給彌生，幸福堂恐怕就會以老鋪最不榮見的方式關門大吉了吧。

彌生想起當初尾崎把初江介紹給她時所說的話。

「她是那種在人多的地方就沒辦法發揮所長的師傅，沒什麼生意頭腦，只懂得老老實實一個勁兒地製作甜品。如果讓她跟妳一起合作，應該可以同心協力一起闖出一番成績。」

正如他所言，有了初江加入的幸福堂，以甘納豆專賣店之姿，不到兩年便重新打響了招牌。

「老闆娘，請您確認一下豆子的狀態。」

初江雖然性格較為冷淡，不過每天的工作倒也踏實完成。持續埋首做著甘納豆的她，唯一卻也有些不搭調的興趣，就是吃遍各式咖哩店。

彌生把初江遞給她的白花豆放進嘴裡，甜鹹適中，豆子的香氣盈滿於口中。

「真是極品。妳上次的新作品，在百貨商場的食品部也大獲好評，尾崎先生非常高興呢。接下來，我只要思考該怎麼好好包裝商品就行了。」

「我很期待您的作品。」

初江一臉滿足地回到鍋子前。

已經去世的父親，為了把彌生嫁給手藝高超的和菓子師傅，決定不讓女兒學習製作和菓子的技巧。父親將彌生嫁給不擅長做生意的恭一郎時，她才二十歲。兩人雖然一直膝下無子，但夫妻之間的感情也還算和睦。

彌生從來沒想過，日後丈夫竟會和聘雇來的年輕女店員私奔，讓他們的夫妻生活完全走樣。到底是什麼原因讓丈夫決定這麼做？彌生直到現在也想不透。聽說那個女人懷孕了，如果是真的，代表無法生育的問題便是出在自己身上了。這個想法，讓她對於要不要尋找恭一郎一事裹足不前。

整理好陳列櫃，開門營業。正拿著竹掃帚至店門口打掃時，郵件送到了。

一切如常——那是個一切如常的早晨。

在廣告郵件與廠商寄來的請款單當中，夾著一個白色信封。那是寄給彌生的信。寄件人是父親住在釧路的老朋友。相隔數秒，彌生才想起他就是當初把須賀順子介紹到店裡工作的人。

彌生走回陳列櫃後，撕開信封。

信中內容以對死去父親的長篇致歉開始。

『前代老闆尚且在世時並未知曉此事，如今深感懊悔。一切皆因在下識人不明所致。不勝慚愧，尚乞海涵。』

四張信紙，幾乎都是對彌生的同情與歉意。事情已經過了這麼久，卻還有個人沒放下這一切，讓彌生的心情再度沉重了起來。為了守護自家老鋪的招牌，彌生早已把自己的心情拋諸腦後。過去深埋於地下的東西彷彿又被翻挖出來了，彌生帶著這樣的情緒，看了最後一張信紙。

『——那兩個人，似乎住在這個地方。』

地址在東京。就算彌生有權做任何事，她又該怎麼做才好？地址最後寫著「寶食堂」。彌生一時還搞不清楚究竟發生了什麼事，她直楞楞地望向店外。眼前的景色依舊，計程車、洗衣店的車子與行人穿梭而過。

彌生再讀了一次最後一張信紙。

當晚，彌生在餐桌上放著一份文件與那封收到的信。

經過生死未卜的七年後，已經可以聲請失蹤人口的死亡宣告了。甩開曾有的些許遲疑，彌生已在去年向家庭裁決所提出聲請，最近判決才剛下來，接著，只要向市公所提出宣告死亡的聲請狀就完成手續了。彌生已經做好各種準備，要在戶籍上將恭一郎的狀態改為死亡。幾天後，聲請期限就要到了。如今卻得知丈夫人在哪兒，讓問題變得複雜起來。

本來，彌生打算在把店鋪移到百貨商場之前，將這件事解決掉的。自從知道只有自己一個人的話連離婚手續都沒辦法辦理，至今已經過了多少年？如果沒辦法聯絡上恭一郎，彌生也只好自己想辦法「恢復單身」。

踏出新的一步，迎接新的自己。那樣的決心，轉化為讓恭一郎以失蹤人口的身分被「宣告死亡」的決定。若說還有什麼讓彌生掛念的，大概就是讓一個實際上可能還活著的人，卻在文件上成為死人吧。讓她遲疑的，不知是一起生活了二十年的情分，還是人性中原有的罪惡感。

看著倒扣在流理台上的一人份飯碗、筷子與盤子，彌生大嘆了一口氣。

那天，當彌生走進位在地下街的咖啡廳時，尾崎已經坐在店內深處的角落位置。彌生朝他點點頭，鑽過狹小的通道朝他走去，他開始將報紙對摺起來。在四人座位的桌上，放著一杯喝到一半的咖啡。彌生低頭看了看手錶，離他們約定的時間還有幾分鐘。

「讓您久等真不好意思，您正在忙吧？」

「不要緊，我剛好到附近來處理其他事情，妳別放在心上。」

咖啡廳裡五十歲以上的男女只有尾崎與彌生這一對。在這間咖啡與甜點都廣受好評的店裡，大多是三十到四十歲的女性顧客。與尾崎見面時，他所選擇的店家都是一些氣氛明亮的甜品店。彌生一直到最近才知道，尾崎之所以會約在這些店家，是因為他們的客層和幸福堂相似。

「甘納豆的新產品，大獲好評哦！包裝方式很有彌生女士的風格。把一袋的價格壓在兩百圓內也是個好主意，對於路過的女高中生來說，是能夠買得下手的價格。分量可大可小的商品是最具優勢的，我認為這個分量，能讓女高中生們偶爾改選甘納豆來取代巧克力，解解嘴饞。」

「聽尾崎先生這麼說，我更有自信設櫃了。」

「在百貨商場設櫃，就有機會把商品賣到全國各地去，剛開始如果販售的速度不夠快，也不用太著急，奮力大聲招呼客人便是。只要店鋪氣氛很有活力，再加上擁有至少一種每天都能銷售一空的熱賣商品，就不會有問題了。百貨商場方面也覺得能在入口看到『幸福堂』這三個字會讓人心情很好。關於店名，真得好好感謝第一代老闆的巧思啊。」

「雖然經歷了許多事，還是覺得能把店撐下來真是太好了。這一切都多虧了尾崎先生的諸多關照。」

聽見彌生道謝，尾崎只是微笑著，沒再刻意多表謙遜。經過這麼多年，彌生已經很了解他的心思了。

「是啊，真的經歷了很多事。」

尾崎垂下了眼，彌生則是拿起剛送上桌的咖啡品嘗。這八年來，彌生遭遇了恭一郎如蒸發般的消失事件，連她最後一個家人父親也在去年因病倒下。至於尾崎，則是與妻子歷經了死別。

在隔壁桌讀著週刊雜誌的客人站起身來，彌生環顧店內一周後，將視線移回桌上，尾崎身上那套素色直條紋的深色西裝，隱約映入眼簾。

彌生喊了聲「尾崎先生……」，接著想說的話卻如鯁在喉。尾崎微傾著頭，等待彌生後面的話。說有事情想請教而把尾崎約出來的是彌生，她將前幾天收到的信從包包裡拿出來。

「我家那口子，知道他的下落了。」

尾崎原本柔和的表情，霎時變得陰鬱。

「之前有一位長輩很關照那個一起私奔的女店員，是那位長輩去詢問女方故鄉的朋友而查出來的。我早已下定決心把全副精神放在生意上，也決定珍惜緣分把握重新出發的機會。收到這封信之前，我已經打算聲請丈夫的死亡宣告了。」

「死亡宣告嗎？」

尾崎吐出了長長的一口氣。

以拓展營業範圍為契機，彌生早就做好必須接受許多變化的心理準備。包含到家庭裁決所詢問如何聲請失蹤人口死亡宣告在內，都是為了儘量避免日後心煩之事再現。最重要的是，彌生希望能與自己取得妥協，無論是內心或生活，未來都別再存有芥蒂。

「他好像人在東京。我打算找時間過去看看。」

長長的沉默後，尾崎的聲音落下。

「好好把事情做個了斷，我會等妳帶著笑容回來。」

終於把要刊載在宣傳手冊上的甘納豆型錄整理好時，已經是離專櫃開幕只剩三個月的七月一日了。送禮用的盒裝組合也整理完畢。店面設計與訂購包裝材料、安排店員等工作，讓彌生每天奔波忙亂。是成是敗，都看十月一日的開幕了。

寫著恭一郎地址的信，一直被放在電話櫃的抽屜裡。雖然說要到東京去，時間卻在無法成行中匆匆流逝而去。忙碌，成了理所當然的藉口。

由於仕判決下來後的十天內沒有提出聲請，所以彌生收到家庭裁決所寄來的逾期罰款通知，但判決尚未失效。

那天之後，尾崎沒再提起恭一郎的事。昨晚彌生累到打瞌睡時，接到了尾崎打來的電話。那通電話的內容，直到清晨都讓彌生念念不忘。

「好好享受這段時期的忙碌，我會一直在妳身邊支持妳。身體是最重要的財產，我們都要保重啊。」

雖然從未直言對彼此的好感，不過近來尾崎似乎已懂得讓彌生心動的方法。彌生想，這或許也是年歲漸增所帶來的好處吧。在情感上，彌生早就心儀尾崎，但是對彌生來說，除了必須負責店鋪師傅的生計，新事業的拓展也即將鳴槍起跑。至於男女之間的關係，彼此就這樣持續培育這份情誼，或許反而不失為最佳的狀態。

彌生想起了剛開始與女店員交往的恭一郎。即使當時他心裡焦急、憂心如焚，卻完全沒表現在臉上。

過去彌生一心認定恭一郎就是個性格木訥、天生手巧的和菓子師傅。雖然他處理紅豆的手法在北海道絕對是一等一，卻甘心待在一間小小的和菓子店裡。兩人雖然是夫妻，不過彌生也十分尊敬他「高潔的和菓子師傅」的身分。

直到現在，她都還記得當時與恭一郎的最後對話。

「如果工作得太累，明天會有後遺症的，多注意身體哦。」

恭一郎原本就不是個愛笑的人，那陣子，他說話時連彌生的眼睛都沒看。雖然彌生隱約感覺到他跟女店員間有什麼，但她最終也只是以言語表達慰勞之意，絲毫未表現出內心壓抑嫉妒的不滿情緒。

當時如果能坦率點直接發脾氣就好了。事到如今，一切為時已晚。

彌生走上父母鋪好的康莊大道，一切似乎理所當然。跟優秀的和菓子師傅結婚並繼承家業，是早就安排好的事。從和菓子師傅變為丈夫，只要恭一郎沒拒絕就沒什麼問題，隨著時間經過，身分應該也能順利轉換。

正因如此，對於眼前這名前來修業學藝的男人，雖然自己早就抱持好感，但彌生並沒有機會好好跟他談場戀愛。在父母看上他並打算招贅時，彌生也就省去了表白內心戀慕之情的麻煩。彌生並未想過，她其實從沒讓對方知道自己的心意。

招贅一位優秀的師傅，繼承家業。兩人的緣分，似乎建立在承擔責任之上。對於當中存在「戀愛」一事，彌生完全不願讓父母知曉。

結婚後，彌生開始協助丈夫、守護家業。尤其是在母親去世、父親退休之後，彌生必須負責的事愈來愈多，因為身體狀態欠佳無法於店頭久站，才會雇用那名高中剛畢業的女孩。

無論生意或夫妻關係，如何長久維持才是最困難的吧？比起被丈夫拋棄的傷痛，更讓彌生煩惱的是今後店內的走向。究竟要守著老鋪招牌，還是要關門大吉？自年輕的女店員出現後，或許彌生在潛意識中早已做好心理準備也說不定。

丈夫離家後，彌生的「戀愛」也結束了。

聽到彌生說「多注意身體哦」，恭一郎回了句「我知道」。當時恭一郎窄小的背影，至今仍殘留在彌生的腦海裡。究竟發生了什麼事？離家時他究竟懷著什麼樣的心情？如果知道他的下落，至少要把這些事搞清楚。彌生曾經好幾次這麼想過。

恭一郎的聲音，開始在彌生的耳朵深處不斷膨脹。她打開電話櫃的抽屜，那封信，就躺在小抽屜的最上層。

彌生從包包裡拿出記事本。到開幕之前，每天都排滿了待辦事項，只有後天一天是空白的。她趕緊打電話給旅行社。

「麻煩幫我訂千歲到東京當天往返的機票。」

無論恭一郎在不在那裡，彌生都決定花一天來做個了斷。

彌生第一次來到梅雨季的東京。

黏重的空氣附著在皮膚上。被雲朵覆蓋的天空，像是在一幅畫中單獨被忘了塗上顏色一般，雖然遠在比高樓大廈還要更高的地方，卻一絲存在感都沒有。究竟要不要下雨？這片看不出情緒的天空，或許正支撐著這城市裡人們交換著的冷淡言行。

從羽田機場改搭電車，向派出所與行人問路之後終於抵達的地方，是一個連會車都很困難的狹小通道。腳踏車店、卡拉ＯＫ酒館、理髮店、藥局等店家拉下的鐵門參差排列著。

寶食堂位於東京郊外某條狹小商店街的角落，彌生停下腳步，一面擦拭泉湧而出的汗水，一面找尋可坐下休息的地方。

食堂的斜對面，有個咖啡廳的看板。正如其店名「終點站」一樣，流露出寂寥的氛圍。直到看見門上掛著「營業中」的板子之前，陰暗的店內令人不確定它到底有沒有開門做生意。

彌生一走進店裡，坐在櫃台內的白髮老人立刻站起身來。店裡沒有服務生也沒有客人。雖然名為咖啡廳，店裡卻沒有咖啡的香味，而是飄著咖哩的氣味。因為氣氛有些尷尬，彌生透過鑲嵌在門上的玻璃看向外頭。斜對面的寶食堂似乎也門可羅雀。午後的商店街，整體而言冷冷清清的。

彌生在面對街道的窗邊坐了下來，滿頭白髮的老闆送上一杯水。她看了看菜單，上頭只有招牌咖啡與咖哩飯，一起點可以便宜五十圓。早晨出門至今，彌生什麼都還沒吃。點了咖哩套餐後，老闆恭敬地鞠躬致意。

磨咖啡豆的聲音，伴隨著比方才更加濃郁的咖哩氣味而來，讓彌生幾乎忘了自己身在何處。

一個黑色的雙肩帶書包橫越過窗邊。或許因為書包太重，揹著書包的男孩有些駝背。男孩經過彌生面前後，立刻轉身走入寶食堂。

彌生將視線由食堂的暖簾往上移，那裡晒著洗好的衣物，從衣服的濕潤程度看起來不像晒了一天後該有的乾燥。有小孩的T恤、廚師服、白色廚師圍裙，還有女性圍裙與家人的內衣褲。

彌生想起剛剛看到的、與男孩身形不成比例的大書包，接著重新數算恭一郎離家後過了多少年月。

咖哩飯送上桌來。雖然已猜想吃起來會像是營業用的調理包，但這口感也太粉了點。對咖哩很講究的初江不知道會怎麼批評。

咖哩飯吃了一半後，咖啡才送上桌來。杯子雖然陳舊了一些，不過卻是威治伍德（Wedgwood）的咖啡杯；牆上掛的 Bin Kashiwa ❿ 畫作也不是複製品，由此可見，老闆的堅持用心與來客數並無正相關。

在百貨商場設櫃的不安襲來，如果沒有獲得一定的成果，很快就會被要求撤櫃了。彌生甩開心裡的不安，一面看著寶食堂的入口，一面吃著咖哩。

彌生將湯匙放下時，方才的男孩也放下書包走了出來。他身上穿著T恤和短褲。彌生從包包裡拿出抄寫著住址的便條紙。從羽田到這裡的路上，彌生一直緊緊握著這張紙，握得皺巴巴的。

在那片暖簾之後，恭一郎說不定就在裡面。毫無真實感，彷彿只是自己的想像一般。彌生想起尾崎的眼神，無論如何，在羽田的末班機起飛前，自己一定要想辦法做個了斷。

彌生將包包留在位子上，對老闆說「我去一下對面」，並伸手指了指大門。老闆點點頭，彌生對他笑了笑，走出店外。男孩單手拿著粉筆，屈著身子在柏油路上畫圖。為了不驚嚇到他，彌生放輕腳步走近。相距還有一公尺時，他抬起頭，以漆黑的瞳孔看向彌生。

「你好。」

無緣無故地打招呼，似乎只是令對方莫名不安。孩子的眉宇和恭一郎很像。一瞬間，彌生全身沒來由地緊繃，她用力深呼吸一次，從指尖慢慢開始放鬆。

「小弟弟，你叫什麼名字？」

雖然一臉詫異地看著彌生，男孩卻什麼也沒回答。彌生鼓起勇氣，看著男孩的眼睛說道：

「可以幫我一個忙嗎？請幫我跟你爸爸說，有個奇怪的阿姨在對面咖啡廳，可以嗎？就是那裡，知道嗎？」

彌生指了指「終點站」的大門。男孩轉開視線站起身子，丟下粉筆後便跑進寶食堂。彌生的腳下，畫著一台車輪歪斜的腳踏車。

彌生覺得自己做了件無聊的事。為什麼要讓小孩去把恭一郎叫出來呢？明明都到這裡來了，彌生走回「終點站」，她走進店裡後，老闆將咖哩的餐盤收走，並將桌

❿ Bin Kashiwa是出身於北海道釧路市的畫家，本名為柏崎敏一，於一九六九年赴歐，曾旅居巴黎十五年，滯歐期間的所見所聞，是其創作底蘊的重要基礎。

上的水杯倒滿。

「對面的孩子，怎麼了嗎？」

「沒什麼。因為他長得很像一個我認識的小孩，去確認一下。我認錯人了。」

「妳跟他說話，他也不太搭理吧？」

嗯，彌生回答。老闆的語氣輕柔，聽來有些畏縮。他的措詞婉轉，說話的方式很像女人。老闆皺了皺眉。

「那孩子雖然很聽話，但一直不太開口，似乎只願意稍微跟父母說話。據說也沒什麼朋友。」

彌生陷入沉默，老闆看著對門的寶食堂，喃喃咕噥道「他們好像也沒什麼客人啊」，一邊走回櫃台後方。彌生看著手錶。兩個小時後如果不出發到羽田機場，便趕不上飛機了。兩個小時。一句無聲自語後，她啜飲著已經冷掉的咖啡。

彌生沒有勇氣走進寶食堂的暖簾另一頭。時間一分一秒流逝。咖啡廳裡除了彌生，看樣子也沒有其他客人會進門。看到那孩子的臉孔後，已不用再懷疑恭一郎是否在這裡了。

在只剩一個小時就必須離開之際，「終點站」的店門被推開了。那時，彌生因為待得太久感到不好意思而點的第二杯咖啡也喝完了。彌生抬起頭，看見恭一郎正站在門邊。

他稍微瘦了，看起來像老了二十歲。白色的罩衫前綁著圍裙，右手拿著一頂廚師帽。圍裙上滿布油漬。

彌生在恭一郎身上探尋當年他在幸福堂煮紅豆的身影，雖然眼前的人確實就是恭一郎，但已經不是那個讓少女彌生小鹿亂撞的男人了。

彌生對自己的情緒感到安心。雖然對他還有情感，但戀愛已然告終。

一時想不到該說什麼，彌生只好指了指對面的椅子，示意對方坐下。恭一郎原本就蒼白的臉龐，此時更加毫無血色。彌生向老闆點了杯咖啡，甩開尷尬的情緒。

「突然來訪，不好意思。」

意料之外的話語脫口而出，說完後，彌生才覺得有些不對勁。突然消失與突然到訪，究竟哪個比較該感到內疚？對眼前這個低著頭的男人，該說些什麼才好？必須好好做個了斷，這是彌生內心深處的願望。還有，也是幫無法跟這個人白頭偕老的自己好好上一堂課。當初，如果自己又哭又鬧，用盡所有的方法尋找恭一郎，或許對他來說自己還是個女人吧？在彼此眼裡，兩人之間早已經無關男女。

在恭一郎與彌生的面前，放著一杯咖啡。彌生一面暗想喝第三杯咖啡對胃不好，同時看向恭一郎緊握廚師帽的手。他的指尖粗糙而乾裂。

恭一郎對著彌生深深一鞠躬，顫抖著聲音說：

「真的很……對不起。」

塵封的記憶突然被打開，彌生一一回想起丈夫剛開始與女店員曖昧時的舉止。他那微慍的側臉、久久未歸的散步、失眠的夜晚，以及沉默工作著的背影。

如果當時能多跟他說「我喜歡你」就好了——

結果，現在竟在這裡與師問罪。這個根本不懂說謊的男人，自己曾喜歡過他。

「我不是來這裡逼你道歉的。」

只是想看看你是不是好好的。原本想這麼說，還是作罷。那樣只會讓兩人的對話索然無味。都特地過來了，如果說自己沒有預期會見到他，也太不合情理。

「和菓子店一切安好，找到認真的師傅，我也很努力。雖然規模小小的，但已經預定在百貨商場的地下街設櫃了。」

彌生猶豫著要不要提起尾崎的名字。此外，為了避免刺激對方，彌生小心翼翼地說道：「真是個可愛的男孩。」並與以無助眼神看向自己的恭一郎四目相對。

真是的。光是努力讓自己把持住，就已經讓彌生筋疲力竭了。為了重振家族事業，必須擁有承受無數次「一生就這麼一次硬著頭皮去做」的能耐。即使硬撐著讓脊梁燙如火燒，但今日的忍耐都是為了讓自己重新出發。一路走來已經歷太多數不盡的忍耐，直到能夠真心笑得出來之前，彌生也只能持續努力下去。

彌生從包包裡拿出記事本，拿出夾放在本月行程表中的文件。她把兩人的咖啡杯推到一旁，把文件攤開來。一直到此刻彌生依然遲疑，還是沒辦法做出決定。向被拋棄的髮妻坦率道歉的男人、因丈夫逃走而生活大亂的女人，此時正一起面對他們之間的最後一幕。

『死亡宣告聲請狀』

『離婚協議書』

兩份文件並列在恭一郎面前。「失蹤人姓名」欄寫著「福吉恭一郎」，死亡時間也已填上法院裁定的時日。

至於離婚協議書，則由本人填上姓名即可。彌生無法確定自己希望以哪種方式了結，想破腦袋也得不出結論。即使文件都攤開在眼前，她還是不知道。

原本寂靜無聲的店裡，突然開始有音樂聲流瀉而出。不知道老闆是之前忘了放音樂，還是因為察覺到氣氛不對才開始播放。聽起來應該是老電影的配樂，彌生卻想不起來是哪部電影。

「選你喜歡的吧。無論提交哪一份文件，我的生活都不會改變，就算你覺得我很過分也無所謂。」

無論丈夫選哪一個，彌生都只會感到悽愴。

一個是成為不再存在於自己生命中的人，一個是成為不再存在於這世界上的人。一個是生離，一個是死別。對彼此來說，哪一個選擇比較輕鬆？必須經過漫長的時間考驗後才能知曉吧。無論如何，從今天起，在彌生心中恭一郎已不再存在。

雖然嘴上說無論哪一個都可以，但內心其實希望對方果決地選「離婚協議書」。此時彌生想起尾崎，如果是他，會希望是哪一種結局？對於只能看見這兩個男人某一面貌的彌生而言，實在無法想像他們的思緒。

恭一郎粗糙乾裂的手指伸向離婚協議書。彌生鬆了口氣，也對心境有此轉變的自己感到滿足。恭一郎把攤開的手掌放在協議書上，以張開的手指猛然將協議書一把揉成一團。

望著丈夫手中被揉成一團的離婚協議書，彌生失神了。是自己讓對方二選一的。她感覺彷彿有一把刀，緩慢地插進自己心口。彌生趕緊閉上雙眼。

電影配樂依舊流瀉於空氣中。雖然想起了女主角的模樣，卻還是想不起電影的名字。彌生突然想起「自己的使命」這句話，那是尾崎很愛用的說法。

「只要理解自己的使命，就不會鑄下大錯，把事情俐落解決。」

他的話在彌生耳邊響起，催促著她下決心。

恭一郎將協議書揉成一團，他選擇在這世界上死去。而讓他選擇的人，是彌生。自己的使命究竟是什麼？如果可以，真希望眼前的情境只是一場惡夢。彌生靜靜地睜開雙眼。

恭一郎低垂著頭，握著協議書。

「如果提出聲請狀，恭一郎，你在這世上就是個不存在的人了。」

男人的眼淚，滴落在他乾裂的手指與離婚協議書上。

恭一郎與彌生，都失去了表達歉意的能力。

丈夫選擇了沒有盡頭的罪惡感，這代表著，彌生也必須承擔相同的包袱。無論是言語或別離，都無法單方面了結；不管是相遇或分開，他們都必須分擔著相同分量的喜怒哀樂。如果這就是曾為夫妻的男女所必須擔負的責任，那麼婚姻帶來的羈絆未免太沉重了。

——不該到這裡來的。

不對，必須到這裡來。來到這裡，除了確認恭一郎平安無事外，最重要的是必須讓他知道自己也過得很好。無關乎他人，來到這裡最大的理由，就是為了彌生自己。這樣的報復究竟是對誰？又是為了什麼？

店內終於播放到能讓人想起電影名稱的曲子，是義大利電影《蝕》(L'Eclisse)。彌生與恭一郎也曾一起看過深夜電影，畢竟兩人曾一起生活過二十年。先放開手的人，究竟是哪一方？彌生將視線移向窗外。

一名穿著圍裙的女子站在寶食堂的暖簾下。隔了好一陣子，彌生才發覺那就是與丈夫一起消失的須賀順子。她穿著領口鬆垮的T恤、圍裙，還有及膝的牛仔褲。

當時，彌生總叫她順子妹，她是個穩重但倔強的孩子。看著她如今站在暖簾下的不安模樣，實在難以想像當年她竟能將年齡比自己大上兩倍的男人奪走，讓男人毅然拋棄妻子與工作。

比起丈夫、比起將丈夫奪走的女人，彌生更責備自己。

那兩人私奔後，順子的雙親從北海道東部前來拜訪彌生。那個自稱為順子父親的男子，不斷責怪恭一郎。順子的母親則是一臉尷尬地聳肩。彌生對他們兩人表達歉意，她一面道歉，一面想像順子和這兩人一起生活時，必定覺得十分寂寞吧？

工作時的順子非常認真，舉止失措的人反而是恭一郎。

或許當時彌生最愛的是自己，她最想守護的只有自己與幸福堂的招牌吧。

順子四下張望，找尋著恭一郎的身影。她似乎沒注意到對面咖啡廳的窗內。

那孩子大概沒告訴他媽媽「對面咖啡廳裡有個奇怪的阿姨」。真是個聰明的孩子，非常清楚自己的使命。

「剛才，我跟店門前的小男生打過招呼。他的眉眼和你很像。」

可以知道男孩的名字嗎？恭一郎啞著嗓子回答「小輝」。

「似乎有人在找你，不回店裡沒關係嗎？」

恭一郎空洞的雙眼望向窗外，半開的嘴唇顫抖著。

彌生將桌上的「死亡宣告聲請狀」收回包包裡，恭一郎的眼神跟隨著彌生手上的動作游移。彌生努力露出了大大的微笑。

從十月起，就要在百貨商場地下街販售商品了，為了露出專業的微笑，她可是下過一番工夫。雙頰要確實上揚，牽動嘴角的左右角度必須均等。壓抑著憂傷情緒，她笑著。用力擰、再用力擰，直到擰斷成兩半，身體與內心也以某種異常的狀態變得輕鬆起來。

「我也會幸福的，不用介意。你也是，好好照顧自己的身體哦。」

看到順子走回店裡，彌生從位子上站起身來。老闆列出的結帳明細上，只有咖哩飯和一杯咖啡。彌生以眼神詢問，老闆也用眼神回應她「這樣就可以了」。彌生朝老闆點點頭，把找回的零錢留下後走出咖啡廳。

將夕陽映照之下的商店街置於身後，走至轉角時，彌生決定回頭再看最後一次。寶食堂的暖簾出現在狹窄通道的盡頭。

暖簾前站著恭一郎、順子與小輝。穿著圍裙的順子正向彌生深深鞠躬，恭一郎一動也不動。被彎著腰的順子抱在身上的小輝，對彌生揮著手。彌生也不自覺地舉起一隻手示意。轉過彎後，眼前出現了一條嶄新的道路。

從今而後的路上，必須捨棄情緒、揚起專業笑容才行。

再次回到來時的路上，似乎只有那三人一起生活的畫面從眼前景色中褪去了。彌生急忙趕至車站，看來還有時間能在羽田機場買些土產回去。

在秋風颯爽、陽光明媚的十月一日，幸福堂正式在百貨商場地下街一隅展開新的一頁。

「歡迎光臨！這是幸福堂的甘納豆。請您試吃看看好嗎？我們以小包裝販售，可以拿來當茶點或補充糖分。有大紅豆、黑豆、赤小豆、白花豆、甜豌豆。幸福堂的甘納豆也很適合拿來當伴手禮哦，我們可以幫您寄送至全國各地。歡迎光臨！您好，歡迎光臨。」

來客數較多的時段會提供試吃。另外，買兩袋兩百圓的甘納豆可再免費獲贈一袋，限期一週。即使售價已經接近成本、甚至比成本還低，但那是現在非做不可的投資。

在人來人往之間，有名穿著西裝的男子走了過來，是尾崎。

「歡迎光臨幸福堂。」

彌生以沙啞的聲音招呼著。

從東京回來後，她打了通電話給尾崎。

「我，已經沒有丈夫了。」

當時尾崎什麼也沒說。對著沉默的電話那頭，彌生繼續說，該做的準備工作大家都做好了，現在非常期待新店開張呢！

對著走近的尾崎，彌生用力微笑著。

「歡迎光臨幸福堂。」

停下腳步的客人，從漆器盆內拿起了以赤小豆和大紅豆做成的甘納豆。

「謝謝您，請您再多選一樣。任何您喜歡的口味都可以。」

把小袋裝甘納豆接過來，放入日式和紙提袋裡，綁上細繩。

彌生在外袋貼上「幸福堂」的貼紙。

2000

美菜惠

將頭髮高高綁在後腦上方果然是正確的選擇。美菜惠把原本身上的夏季洋裝與短外套掛在衣架上，她望著試衣間鏡子裡的自己，確認看不到臉上醒目的皺紋後，拉開門簾。

「哎呀，果然很適合啊！」

飯店的婚禮顧問雙手交疊胸前，滿臉笑容地站著。站在她身後的谷川，正出神地望著自己。

全蕾絲的俐落美人魚款式剪裁，讓已經三十五歲的新娘也展現出迷人風情。婚顧一開始就不建議如仙杜瑞拉般的腰下澎裙設計款式，讓美菜惠連「想試穿看看」都說不出口。

「怎麼樣？適合嗎？」

「適合啊，沒問題。」

「就這樣？」

谷川笑著，眼尾的皺紋更深了些。那笑容，與高中時坐在教室角落的美菜惠看到的一模一樣。

美菜惠知道，對於不喜歡引人注意的四十歲男人來說，結婚典禮與宴客都是讓他很尷尬的事。但無論如何，她就是沒辦法放棄舉辦「結婚宴會」。

傳統日式禮服以及西式禮服兩款。換裝之後，以自己喜歡的歌曲為背景音樂重新出場。代表著愛情長跑終點、人生中最精采場面的婚宴，美菜惠說什麼都沒辦法放棄。七月，預約了兩天來挑選禮服，如果今天決定不了，下星期還要再來一次。在駛往飯店的車上，美菜惠與高采烈地說著關於婚宴的想法，谷川冷淡的反應雖然讓她心裡一沉，但實際穿上禮服後，又讓美菜惠的情緒高昂了起來。

——妳不是想辦結婚典禮，而是想辦婚宴？

——嗯。無論如何，我都要辦婚宴。

九月二十日，諸事大吉，宴客的飯店也都訂好了。婚宴流程、賓客名冊甚至主辦人，美菜惠都處理好了。隨著年齡增長，身邊舉辦奢華婚宴的人愈來愈少。無論是同事或親戚，只要是需要許多人手幫忙的活動，美菜惠大多以「之後還要打交道太麻煩」為由敬而遠之。

即使發現谷川在看預定寄送婚宴喜帖的名冊時突然沉默不語，也沒有動搖美菜惠的決心。之後只要確認程序沒有出錯就行了。將喜帖寄給受邀者，然後連續三年不忘在盂蘭盆節⓫和新年時送禮給答應當媒人的校長夫妻就可以了。

「妳邀請了快兩百個人，為什麼邀這麼多？」

⓫日本盂蘭盆節在陽曆八月十五日左右，是重要性僅次於元旦新年的傳統節日。一般人會在這一天返鄉祭祖，各地也會舉辦傳統「盆舞」活動。

「為什麼？因為我們是選擇會費制、不必再另外付費的婚宴方案⓬，所以如果沒有邀這麼多人來，經費太少，端出來的菜餚會很寒酸。」

「兄弟姊妹和親戚們當然要請，曾照顧我們的恩師、父母工作往來的客戶也該邀請，但平時沒什麼往來的同學或以前的同事也需要邀請嗎？」

雖然美菜惠被谷川提醒過，人數頂多一百人左右就好，但一直到不得不把名冊提交給飯店時，他們都還在討論這個話題。擔心菜餚寒酸只是藉口，為了讓換裝表演和儀式顯得有聲有色，至少也要開個一百八十席才夠體面。事實上，美菜惠連遠房親戚都通知了，希望還能再追加二、三十位賓客。

谷川在大學畢業後第一個任教的學校是濕原高中，美菜惠當時是他的學生。雖然美菜惠自高一入學時便喜歡上谷川，但直到畢業都沒有向谷川表白心意。高三那年的暑假，同樣是圖書社社員的須賀順子闖入谷川宿舍一事，也是造成美菜惠沒機會表白的原因之一。

高中時代淡淡的情愫，直到數年後兩人成為同一所學校的教師後，開始產生奇妙的化學變化。當知道谷川還單身時，美菜惠高興得都快跳了起來。曾經錯過兩次結婚機會的美菜惠，認為過去的一切都是為了讓自己與谷川重逢。

美菜惠感覺到背後有股強風推動著自己，趁勢對谷川說道：

「老師，你還記得我嗎？我是第四屆的小澤。」

那令人喜歡的臉孔與熱愛的聲音，即使時間流逝也絲毫沒有改變。如同在畢業典禮上見到的那最後一面，谷川帶著同樣的笑容出現在她面前。

之前失敗的戀愛、被情人背叛的屈辱，以及淪落到與不檢點的男人一同生活的過往，這一切都是為了讓自己在兩個月後穿上結婚禮服吧。受託擔任主辦人的高中同學們都稱美菜惠為「大破大立的正面思想者」。為了跟過去徹底訣別，勢必要大張旗鼓地走過紅毯才行。她對谷川二十年來的情愫，也將一口氣開花結果。

「谷川老師，你再仔細看一下嘛，之後還要選一套小禮服才行。」

「沒問題啦，很適合妳。」

巧妙地處理了美菜惠的興奮之情，今天的谷川依舊溫柔笑著。

脫下滿是蕾絲的白色禮服後，美菜惠接著換上一套薰衣草色的小禮服。胸部如果不塞點東西，看起來實在不夠豐滿。美菜惠將視線由鏡中的胸部移到自己臉上。希望為了婚宴準備的「新娘專用緊身馬甲」到時可以發揮功效，她努力揚起嘴角。

「您覺得怎麼樣？」

隔著試衣間的門簾，婚顧出聲詢問，美菜惠急忙將手帕塞進胸罩，拉開門簾。

⓬參加婚宴的賓客不需要包紅包，而是向每個人收取固定餐費的方案。方便新人評估花費，減少辦婚宴的負擔，這是在北海道一帶常見的宴客方式。

「啊，真是漂亮，很合身呢！這一件也很適合您，非常適合啊！」

美菜惠對著她和谷川嫣然一笑，隨後拉上門簾。如果開口說話，禮服大概就會從靠著憋氣才能鼓脹的胸部上滑下來了吧。

新娘美容比預定的時間還早很多就開始進行了。因為禮服款式的關係，美容的重點多放在肩膀與鎖骨上。露出去完角質的肩膀與鎖骨，將皇冠戴在頭上，接著在被刻意集中托高的胸前綴上仿製鑽石。

耀眼地閃爍著光芒——

除了成人式時穿過的振袖和服⓭外，美菜惠幾乎沒穿過亮色系的衣服。工作時，總是不分四季穿著黑色、灰色或米色服裝。參加朋友的結婚典禮時也是如此，因為經常擔任主辦人，總是穿著低調的套裝上場。

純色、暖色、閃亮或璀璨的顏色，不管什麼顏色都放馬過來吧！美菜惠帶著豁出去的心情，試穿眼前的各款禮服。只管自己喜不喜歡，至於顏色夠不夠穩重和設計如何，都不在她考量的範圍內。

選定衣服幾乎花了三個小時。聽婚顧說，這已經算是「乾脆俐落」的了。

「最近，反而常出現新郎選衣服花的時間比新娘更久的情況呢。」

把一切都交給婚顧跟美菜惠處理的谷川，聽到這番話後只是笑了笑。

衣服終於試穿完了。「新娘試衣包套方案」也包含晚餐，在婚顧的引導下，美菜惠帶著高昂的情緒前往法式餐廳。

位在飯店最高樓層的餐廳已經坐滿一半，放著寫有「谷川先生」桌牌的位子，是能看見夜景的一流席位。沿著霓虹燈光線而去，燈光由五光十色逐漸轉變為平凡日常，再過去就是一片黑壓壓的濕原無邊蔓延。坐在窗邊，被夜色籠罩的天空與濕原之間不見明顯的分界。穿著黑色制服的服務人員幫美菜惠拉開椅子，她以若無其事的表情坐下。

「才花一天就解決掉真是太好了。如果沒辦法決定好服裝，婚宴後續的事情都會跟著耽擱了。」

「是啊。」

「谷川老師，那些衣服真的可以嗎？」

「應該沒問題。」

「你真的都沒變，老師。」

谷川的視線總是溫暖到彷彿把美菜惠整個人包覆住一樣。但，他究竟比較喜歡什麼？他真正的心意是什麼？美菜惠卻完全搞不清楚。不論是在她還就讀濕原高中時，或是兩人重逢之後，這一點絲毫沒有改變。最近，不管是看夜景還是看電視，

⓭未婚女性所穿的正式和服，袖襬較長，故稱「振袖」。

只要谷川的視線專注於美菜惠以外的事物，就會讓她覺得心情沉重。

是美菜惠先開口說「想跟老師結婚」，谷川回答「這樣啊」之後，兩人便順利地進展著，但，當初放任不管的小刺卻深深扎在美菜惠心裡。當初重逢之際，如果有先問過他就好了。

重逢、第一次約會、然後第一次到他的宿舍去。仔細回想，其實有很多機會可以詢問順子的事。

被順子表白的時候，他內心到底是怎麼想的？直到現在還單身的理由又是什麼？自己究竟是不敢問，還是根本不想知道呢？就這麼一路拖到現在，美菜惠連自己的想法也搞不清楚了。

一面將送上桌的前菜放進嘴裡，一面喝著飯店贈送的慶祝香檳。因為谷川不會喝酒，所以大半瓶都是美菜惠一個人喝掉了。等到細長的杯子見底時，一整天下來的疲憊開始蔓延至全身。

「如果老師也會喝酒就好了。」

「不好意思，之前挑戰過很多次，但酒精就是跟我的體質不合。妳別介意，儘量喝吧。」

「這種解釋方式實在很奇怪。」

美菜惠並沒有打算跟他吵架。但，抱怨一不小心說出口後，原本積壓在心裡的林林總總，就再也關不住了。如果不把問題歸咎於酒精的影響，美菜惠真想用力敲打自己的頭。

「說起來，谷川老師把不在意跟包容搞混了。把結婚典禮或婚宴的事都丟給我處理也就算了，但你多少也該出點主意吧？你對流程有意見的地方，只有發送喜帖的數字而已吧？只要我說什麼，你幾乎都會答應吧？老師，如果你不想結婚，就請直說。你不想跟一個滿腦子只想在婚宴上滿足虛榮感的女人結婚，就說清楚吧。」

「沒有這回事，我不是常這麼告訴妳嗎？」

就連順子的事情也是——美菜惠一提起這件事，平時穩重的谷川也不禁微微皺起了眉頭。在這個絕妙的時間點上，服務人員過來幫他們倒香檳。眼下燈火閃耀的景色雖然美麗，但心如芒刺的難受感覺一直到上甜點時也絲毫未減。

將身軀滑進副駕駛座時，美菜惠說：「我不到老師的宿舍去了，今天我要直接回家。」美菜惠最想聽的話，谷川一個字都沒說。你不是應該要浪漫地把我留下來嗎——？美菜惠心中的吶喊，似乎有些淒涼。車子停在公寓前，美菜惠連句謝謝也沒說，起身後就關上副駕駛座的門。走上樓梯時也是，頭也不回。

雖然心想搞砸了，但她也很清楚，等到週末去谷川的宿舍時，他們又會裝做一副什麼事都沒發生的樣子。就像塞滿東西的胸部一樣，拚命堅持撐住的心，只要一杯酒便搖搖欲墜。

美菜惠一步踏進已開始準備搬家的房間，對於婚宴的賭氣和堅持，徐徐從身體傾瀉而出。真想放聲大哭。但，若是流出的眼淚無法獲得任何人同情，哭了反而更生氣。只有在其他人看得到自己的地方，美菜惠才能知道自己的模樣。

能夠幫她撐過這段時間的煎熬的，唯有虛榮感而已，這讓美菜惠自己都覺得憤怒。焦躁的源頭，不是谷川而是她自己。

八月中，美菜惠與高中時期的朋友以召開「主辦人會議」為由在居酒屋聚會。

首先，當然是喝啤酒。

「乾杯！」將生啤酒吞入喉嚨的瞬間，場面馬上就變成一般的同學會了。清美、桃子、直子，還有這次的準新娘美菜惠。主辦人全都來自「濕原高中圖書社最強團隊」。大夥兒一同舉起生啤酒杯暢飲，數秒後，杯子裡的啤酒只剩下一半。

「美菜惠也到了該接受制裁的時刻啦。」

「還有谷川也是呀，去年聽到你們交往的事時，超驚訝的！」

清美跟桃子搶著發言。

「對了，美菜惠，我記得谷川老是穿著灰色的西裝對吧？他只有那一件嗎？」

「他的衣櫥裡根據季節不同，同個顏色每季都有三套。」

「那不就跟制服一樣？」

「他好像就是這麼想的。他對流行和穿搭一點興趣都沒有。」

「搬家搬好了嗎？」

「還沒。因為顧慮到學生和家長會的觀感，所以再等一陣子。」

清美與桃子同時露出一副「真麻煩」的表情。

美菜惠不需要來自職場同事的協助，她儘量把必須低頭請求幫忙的人數縮減到最低。寄送喜帖與寫信封等工作，幾乎都包含在飯店結婚方案所提供的服務裡了，主辦人要做的事情三個人就可以搞定，所以不需要找太多人。

畢業後到電力公司上班、二十多歲時就與職場同事結婚的清美，在渡輪上工作多年、直到去年才以結婚為契機轉至陸地上工作的桃子，以及取得護理師執照之後被批評愈來愈撲克臉的直子，共計三人。

只有這幾個成員，才能讓美菜惠放心把文書準備或幕後流程交給她們。不管是接待客人或掌控流程，有這三個人在就安心了。之前清美與桃子結婚時，也是由相同的成員幫忙處理一切事務。雖然新郎也找了幾名朋友，但幾乎幫不上什麼忙。

清美結婚當天，因會場預約出錯導致司儀沒有出現，桃子立刻就頂替了司儀的工作。桃子在渡輪公司時，從船內廣播到活動司儀的工作都要參與，所以，其實一開始就不需要找外人幫忙。美菜惠記得，婚宴會場將結餘費用退回來後，她們還用那筆錢一路開心喝到天亮。

當美菜惠對谷川說「光是我們幾個就能搞定」時，他也笑著回答：「真是一群狠角色啊。」

「這下，只剩直子一個人還單身了。」桃子說完，直子揚了揚左邊的嘴角。

「不要有太多期望啦。」直子脫去護士帽後飲酒的模樣，真的很有男子氣概。

雖然什麼流程都還沒有商量過，但只要四個人聚在一起，似乎就覺得萬事齊備了。美菜惠提到試衣當天大動肝火的事，其他三個人同時點頭說了聲「嗯」。

「妳們在『嗯』什麼啦？」

這種被人看穿的感覺真不舒服。此時，由桃子代表其他人開口。

「畢竟對方是谷川老師，所以我們大概可以理解啦。就是有這種男人啊，常常什麼都不回答，全部都交給女人處理。不過，如果要結婚的話，這種男人反而比較好哦。考慮到必須長時間相處，這種不會對每件事都有意見的男人最好，不必什麼事都要商量個老半天。美菜惠，妳也比較適合這樣的男人啊。不過，老實的男人，大概都比較無聊就是。」

「真不愧是戀愛傳教士。除了老公之外，妳現在還同時跟幾個人交往啊？」

桃子一面舉起酒杯喝著，一面用手比出V字勝利手勢。

「哦，兩個人啊？果然是桃子大師呀！」

直子不知何時開始喝起第二杯啤酒，左手還拿著豬肉串。

「不知道為什麼，兩個人在一起時，就會忍不住想追究對方是不是有什麼不滿。」
「如果現階段有什麼不滿，應該就不會結婚了吧？」
桃子滿臉悠哉，彷彿忘了自己發生過的事一樣。在場的每個人，都聽過她在結婚當天嚷著：「不要結算了啦！」不管是清美或桃子，似乎都忘了她們自己在婚前也曾經緊張兮兮的。
當初以幾乎要把結婚戒指扔掉的氣勢大吼「給我有點分寸，那傢伙！」的人，可是清美啊。決定好結婚日子後，才被告知必須跟對方父母住在一起，這讓清美曾經認真考慮過取消婚約。現在，清美住在三代同堂的家裡，依然努力過著「不讓老人家干涉的生活」。
「清美，妳和妳老公的爸媽還好嗎？」
當清美在公司的職位升到比她老公還高時，聽說她在公婆面前連珠炮似的放話：「從今天起，如果你們再敢對我的工作說三道四，我就離婚。」那之後不知道怎麼樣了？即使如此直接了當地問她，也沒人覺得不恰當。清美笑著回答：
「他們大概覺得說話的人就得出生活費，所以就冷戰囉。」
清美跟桃子結婚時的主辦人代表是美菜惠，因為這回輪到美菜惠自己當新娘，所以請最沒家累的直子來擔任主辦人代表。雖然說這四個人根本像辦理婚宴的專業團隊，但當中最可靠的還是直子。聽說她前陣子剛當上內科病房的護理主任，經常把

「現場」兩字當成口頭禪掛在嘴上，沒人知道她到底有什麼稍微像樣的興趣。雖然在四個人當中她像個謎一樣，但這種時候最可以信賴的還是她。

清美和桃子的話，實在沒辦法當做參考。一聲嘆息後，美菜惠將剩下的啤酒一飲而盡，滿是苦味，嘗不到一點甘甜。她看著身旁一臉若無其事的直子。

「直子，對於谷川老師的態度，妳有什麼看法？」聽見美菜惠試探性的詢問，直子將左手拿著的豬肉串啪地立了起來。

「妳只是在放閃吧！」

清美與桃子都笑了。靠這群朋友，當天只要商量個五分鐘就可以讓婚宴順利落幕了吧。只要有這三個人，幾乎可以應付所有的意外事件。今晚的「主辦人會議」，其實只是為了讓有家庭的清美與桃子有出門的藉口，說穿了就是喝酒聚會而已。從啤酒喝到燒酒，從沙拉吃到牛舌、雞肉串燒組合，連生魚片都吃個精光。

囫圇吃完茶泡飯，最後一次乾杯時已經十點了。有家庭的人，沒辦法喝到天亮。即使非常清楚這樣的事實，美菜惠還是決定結婚，因為對方是谷川的緣故吧。

話題集中在清美和桃子的小孩、老公身上，直子與美菜惠則負責當聽眾。那兩人不斷重複「婚姻就是忍讓」，讓美菜惠和直子翻著白眼邊喝酒邊笑：「妳們這根本是在放閃吧！」的確，會說出口的抱怨其實就是一種炫耀，這點自己也懂。

「那麼，剩下就是當天的事了。細節我們再用電話或傳真聯絡吧。」

站在店門口的暖簾之外，四人同時仰望天空。在夜晚繁華街道上閃爍的矮小霓虹燈上方，是一片晴朗的星空。盂蘭盆節過後，秋風已開始吹拂，夜晚的街道也不再霧氣迷濛。

在北海道的東部地區，春、夏兩季通常不會乖乖依循日曆上的時間表變換，然而秋季卻總是規規矩矩地按時前來。在年復一年的季節更迭之中，雖然對有些事已經不抱期望了，卻也還是無法習慣。

往同個方向的清美與桃子先坐上同一台計程車，美菜惠與直子朝她們揮揮手，攔下了後頭另一台計程車。美菜惠坐在內側的位子上，直子告訴司機先到花園町再前往愛國。

「花園和愛國啊。」

聽起來華麗的街名令美菜惠不以為然，她回頭看向霓虹燈。逐漸遠去的繁華燈影，似乎塞滿了她單身時代的一切快樂。雖然喝了酒，卻絲毫沒有醉意。她吸一口氣，鼓起勇氣向直子開口。

「沒有人提起順子的事。」

「這時候不適合提起啦。在這種時候提到順子，不是什麼好事吧？大家也都已經不是高中生了。」

「直子，妳沒喝醉吧？」

「只有啤酒跟燒酒，不會醉啦。妳也一樣吧。」

「谷川老師他滴酒不沾呢。」

「有什麼關係？不管他酒量差還是好，妳喜歡就是喜歡啊。」

對著原本應該先下車的直子，美菜惠在等最後一個紅綠燈時開口問：「可以到妳家坐坐嗎？」如果就這樣回到那間每條走道上都放滿搬家紙箱的房間，美菜惠大概會一如往常打電話給谷川，然後胡亂發脾氣。面對沉默聽著毫不反駁的谷川，她應該會更加煩躁惱怒，又忍不住多說些不如不說的話吧。

在滿是水垢的威士忌杯裡倒進水和波本威士忌後，直子從廚房走回來。那是一間附有中島式廚房的套房，短短的通道上堆有整箱購入的瓶裝水和泡麵。直子的小趾踢到箱子，拿著玻璃杯鬼叫了幾秒。

「每天一定會撞到一次。」

「不要把箱子放在那裡就好啦。」

「一定要放在隨手可得的地方才行呀。」

直子一貫主張，如果平常走路經過的地方沒有飲料跟宵夜的話，她到天皇更改年號前都不會出門。美菜惠指著隨意鋪上床單的床架，還有放在一旁像是要隔開洗過衣物的晒衣架。

「妳真的都沒變。」

「嗯。但是脫下來的衣服我有乖乖丟進洗衣機哦，住在老家時總是被爸媽罵，比起來，現在真是過得快活多了。」

美菜惠早已放棄糾正直子的生活習慣，她笑著說：「好不容易可以一個人過日子了，如今竟然要跟其他人一起生活，好麻煩。」直子說，比起加倍的幸福，在洗衣服和打掃變成義務之後，一定是加倍辛苦吧。對於美菜惠話裡的「如今竟然要」這幾個字，直子並不打算追問，只把威士忌拿到嘴邊。

看著直子的房間，美菜惠覺得她應該是以住得舒服為優先考量。因為太過在意其他人的眼光，所以美菜惠的房間看起來像樣品屋一樣虛偽。明明對芳香療法和壓克力畫一點興趣都沒有，但為了配合交往的男人，搞得自己房裡多的是彰顯品味的昂貴物品。美菜惠一面回想打包之前的房間，一面嘟囔著自己還沒喝醉。

「今天的雞肉串燒有點烤過頭了。」

直子一邊說著，一邊把波本威士忌往自己的杯裡倒。「直子，」美菜惠喚了一聲，直子抬起了臉。她看來一點都沒醉，直子的確是酒中豪傑啊。

「自從我開始提起谷川老師的事之後，就沒有人想談順子的事了，對吧？我們四個人中，只有我一個人沒跟順子聯絡。莫非大家是擔心我會介意嗎？」

「因為啊，大家只是覺得現在的時機不適合談論而已。如果妳想知道順子之後的事，不要多慮直接問就好了。如果我們雞婆地把妳根本沒打算問的事告訴妳，不是很奇怪嗎？大家也就只是一份體貼而已。」

關於順子，美菜惠只知道她在札幌的和菓子店工作，沒多久就因為懷了店老闆的小孩而逃走，之後輾轉四處流浪——這是美菜惠對此事的理解——而後，聽說她在東京落腳，開了間拉麵店。

這些事也是她在桃子結婚之前聽說來的，似乎已經是很舊的話題了。

讓美菜惠一直很在意的，是桃子在東京與順子見面時她的模樣，以及她提到關於谷川的事。

高三的暑假，須賀順子在深夜跑到教職員宿舍而引起大騷動，這件事不但讓谷川無法繼續擔任班上的科任老師，隔年也轉調到他校任職。自己在上暑期課程的時候，順子正一心一意地對谷川單相思著。那時以濕原高中學生的成績，幾乎無法考上任何公立大學。畢業以後以成為教師為志願，理由其實是因為自己也喜歡谷川，這件事美菜惠沒有告訴過任何人。

暑假結束後，好一段時間都沒看到順子來上學。

知道順子做了什麼事之後，被別人搶先一步先向谷川表白的焦慮，被如果考不上大學就什麼都沒有了的恐懼感所取代。然而，從考上大學的那個夏天以來，被須賀順子超前一步的感覺，卻依然存在於美菜惠心中。桃子說的話，至今也還沉甸甸地落在她胸口。

——在那個暑假之後，順子跟谷川之間好像沒有任何機會接觸了，除了畢業之後見過一面之外。聽說那時，谷川向順子下跪道歉了，他懇求「拜託妳放過我吧」，對女人來說，那是句多殘忍的話啊——

美菜惠不禁想像，順子在冷清的商店街上破舊拉麵店的角落，一個人想著谷川的模樣。不知為何，心底一陣寒意襲來。

與谷川重逢的時候，得知他還單身，讓美菜惠興奮得不得了，但一路奮力衝刺到結婚這一步後，她卻遲疑了。

之前即便心裡再有疙瘩，她總是一心以為，兩人之間的情感可以讓所有芥蒂自然煙消雲散。

「不能問谷川老師吧？關於順子的事。」

「美菜惠妳到底想問什麼？我真搞不懂妳。到這個時候才舊事重提，只會讓他覺得尷尬吧？對方可是日本第一的木頭人，谷川啊。」

「因為，他向順子跪地道歉的事，一直讓我很介意。谷川老師現在住的地方，就是當時的教職員宿舍。也就是說，我之後要住在當年老師向順子下跪的地方。」

「那又怎麼樣？」

直子邊說邊站起身來。她走到房間角落，將手伸進一個彩色的箱子裡翻攪，重複著把什麼東西拉出來、又把什麼東西壓回去的動作。等到美菜惠把波本威士忌喝完時，直子突然叫了一聲。

「找到了！」

她遞給美菜惠一個寫著「角田直子小姐收」的信封，背面是「須賀順子」的名字和住址。郵戳日期是今年三月。

「妳打開來看看。」直子說完後，逕自走向廁所。

美菜惠對著自己找藉口說，自己想知道的是谷川老師的心意，才不是順子現在的生活。遲疑了一會兒，她還是打開了信封。

「直子，妳好嗎？」這封信以一句問候開頭，內容排列著跟過往一樣略顯神經質的文字。

託妳的福，小輝已經到一間很好的醫院就醫了，謝謝妳。診斷結果就跟妳說的一樣。當初總覺得把他生成這樣都是我的錯，讓我很沮喪，但醫院裡的醫生和護理師們人都很好，每次看診時總是給我很多鼓勵。

至於回北海道的事，很遺憾沒辦法做到。過去造成了很多麻煩，一直到現在也是。我會盡可能努力看看。我家的老爸再過不久就要到花甲之年了，時間，真的過得好快呀。希望直子可以一直健健康康的，請幫我向大家問好。　順子隨信附上的照片裡，是一個靦腆蒼白的小男生和穿著圍裙的順子，身後則是拉麵店的櫃台。母子倆緊緊相依著。美菜惠的視線，凝結在順子脂粉未施的臉龐與綁成辮子的頭髮上。她的神情，幾乎與高中上烹飪課時一模一樣。滿布斑點的雙頰、眼角及嘴角的皺紋，訴說著順子一路走來的故事。沒辦法好好保養皮膚，也沒辦法買流行服飾的這十幾年，都濃縮在這一張照片裡。這，就是現在的須賀順子。

凝視著照片，上頭的笑容像是否定了自己所有的一切。美菜惠全身無力，幾乎連站都站不起來。谷川看到這張照片後，不知會怎麼想？跟只在乎虛榮炫耀的美菜惠相比，他會不會覺得後悔？

美菜惠突然覺得一陣醉意襲來、頭暈目眩。此時，直子從廁所走回來。

「這就是現在的順子嗎？」

「對啊，就只是一個普通的媽媽。只看著眼前，完全不考慮之後的事。沒什麼盤算也沒什麼預算，就是一如既往的須賀順子。」

「她的小孩生了什麼病？」

「這我就不方便說了。跟妳無關，不管是誰問我都不會回答。」

「為什麼順子可以笑得這麼開心？」

「我也不知道。不過，我大概可以理解，面對擁有這種笑容的女生，拒絕她兩次的男人是抱持著什麼心情。」

「什麼意思？」

直子在美菜惠的杯子裡倒了半杯波本威士忌。

「太過坦率是很恐怖的啊。叫我一直盯著患者的眼睛看，我也會受不了。我想，上課時順子大概一直以那種炙熱的眼神盯著谷川吧。對谷川那種人來說，一次又一次不斷被那樣的眼神盯著看，應該很煎熬吧。」

美菜惠又看了一次照片，上頭是沒有盤算也沒有預算的須賀順子，她擁有美菜惠所沒有的義無反顧。男孩蒼白的雙頰彷彿訴說著順子這些日子來的點滴，令美菜惠不忍心看下去。看著媽媽不修邊幅的模樣，那孩子究竟感受到了什麼？

「這孩子叫小輝？」

「以前在圖書社的社辦，不是經常播放寺尾聰的歌嗎？就是從他的名字取的。」

身為開校以來現代國語成績最優異的學生，這種取名方式也太偷懶了吧，順子。現代國語每次都考滿分的學生，除了須賀順子之外再無他人。

「順子還有我，都是笨蛋吧。」

「因為妳們喜歡上同一個男人？」

「不是。是因為我們都用盡了全力拚命往前奔跑，結果卻根本被卡在原地、寸步難行。」

直子千裡拿著電視遙控器，按了好幾次按鈕後終於死心，隨手將遙控器往床鋪的方向一丟。

「我忘記電池沒電了。」

問直子是什麼時候沒電的，她竟回答大約一個禮拜前。

「我身上的電池大概也沒電了吧。」

「美菜惠，如果妳肯原諒自己也有沒電的時刻就好了。關於谷川，如果妳有什麼想搞清楚的，那就好好問問他啊！沒有必要意氣用事，也沒必要自己一個人硬撐。就算有不想輸給任何人的情緒，也原諒自己吧。笨蛋就笨蛋啊！妳高中的時候就喜歡他了不是嗎？竟然可以當二十年的大笨蛋，不是也很厲害嗎？」

美菜惠醉了，不知什麼時候哭了起來。直子以像是在做瑜伽的姿勢把手伸向面紙盒，美菜惠從她遞過來滿是灰塵的面紙盒裡，抽出一張面紙擤了擤鼻子。

「無論是不成熟或死心眼的戀愛，在清美還有桃子的眼裡，順子和妳從高中時代以來的拉扯，就像是把我們已經搞丟的東西死命撿拾回來一樣。必須前進的時候，就算不喜歡也得要向前走，現在，妳就好好放輕鬆去享受自己的位置吧。」

直子從牆邊把靠墊拿過來，就這麼隨興躺下。美菜惠放棄細問她話中的涵義，走到廚房用玻璃杯裝水喝。

「在這裡過夜？」

「不了，我要回去了。謝謝妳。」

「不要想太複雜的事，乾脆地把自己嫁掉吧！」

美菜惠說了聲「嗯」，走出直子的房間。她站在人行道上看著手錶，日期差不多要變換成下一個數字了。冷風吹拂而過，即使穿著針織毛衣外套還是涼颼颼的。

——今天，不打電話了。

美菜惠一路走到大馬路上，攔了一台載客到郊外後回程的計程車。

教職員會議結束了。美菜惠起身準備前往教室時，主任走到她面前來。美菜惠瞟了一下谷川的辦公桌，他大概已經到教室去了吧。

「小澤老師，可以耽誤一下妳的時間嗎？」主任以一貫故弄玄虛的語氣問道。主任會在這個時間出現，絕對不是什麼好事，美菜惠繃緊身子。雖然跟谷川同年紀但已經當上主任的他，看看四周後小聲地說：

「恭喜，我收到妳的喜帖了。」

「嗯？哦，謝謝。」

美菜惠若無其事地快速看了手錶一眼，但因為主任把路擋住了，也沒辦法從他身旁鑽過去。

「妳寄了很多喜帖吧？如果大家都能出席一定很棒。谷川這一路走來也不容易啊，我跟他的交情很久了。雖然不太一樣，但小澤老師和他也有很長的交情呢。」

「不好意思，我要去上課了。」已經起身的美菜惠，聽到主任刻意清嗓子的聲音後又坐了回去。

「雖然有點早，但我已經在明年春天的人事異動預定名冊中，先把小澤老師的名字寫上囉。如果在上學期結束前就跟我說的話，今年四月就可以幫妳更動了。妳看，我之前不是常說嗎？向學校報告是很重要的事啊，雖然我知道谷川老師不擅長處理這種事。」

言下之意就是，他懷疑兩人刻意選在新學期開始後才公開交往及結婚的事，一定是美菜惠的主意。

「這麼晚才向您報告，很抱歉。」

「沒什麼，我知道你們是在意學生和家長會的反應。那就這樣囉。」

美菜惠趕緊往教室走去。

站上講台後，有一半的學生朝講台看過來，其餘的一半對上課興趣缺缺，只看著桌子下方或窗外。

窗外，濕原無邊無際地向外延伸。隨著季節更替，有時會看到丹頂鶴，有時會看到成群結隊的北狐穿越操場而過。和美菜惠就讀濕原高中的時候相比，唯一的差別只有現在的她站在講台上。無論時間如何流逝，什麼也沒有改變。沉重的自我意識與虛榮感，總是令她步履蹣跚。

「好了，請大家開始做筆記。」

今天起，要開始教授「北原白秋」的作品。美菜惠拿著粉筆，在黑板上寫下童謠〈這條路〉的四段歌詞。美菜惠的身後響起拿出筆記本抄寫的聲音，低聲窸窣的交談聲、傳紙條的舉動，也與美菜惠和他們坐在一樣的位子時相同。

學生的腦袋裡塞滿了對暑假的依依不捨，還有進展中或已經結束的戀情。他們眼前所見的，只有窗外的濕原，和黑板上怎麼也進不去腦袋的白色粉筆字。

寫到第四段的「那朵雲，曾幾何時見過的雲」時，美菜惠突然停筆，拿在手上的教學筆記差點從手中滑落。如果現在回過頭，似乎就能看到當時總是在谷川出的考卷上拿滿分的順子，與她四目相交。

自己也在相同的時期學到白秋〈這條路〉這一課，考試時還考過相關的填空題。為了不讓學生輕易考滿分，題目上設了好幾個圈套。當自己成為出題的一方時，才發現比起精心設計平均只能拿到五十分的題目，解題的一方反倒輕鬆多了。出考卷，可說是對教師本領的一大考驗。美菜惠回想起當初讓她錯失滿分的題目。

『人們稱白秋為(1)的魔王。但，我說白秋還是(2)的魔法師。』

美菜惠答對了〈這條路〉是以北海道札幌為舞台寫成的詩，問答題上也正確寫出「白色的鐘樓」。但是，最後的最後，美菜惠卻摔了個跤，她沒辦法「依提示寫出正確答案」。在(1)中美菜惠正確地填上了「文字」，但(2)卻因為寫上「韻律」而被扣了一分。正確的答案是「格律」。

在「此外，寫出這段文句的是誰？請以漢字回答」這一題，美菜惠完全答不出來。然而順子卻填上「山田耕筰」，成功拿到滿分。

連谷川在上課時自言自語般隨口提到的事都細心抄下來，那股熱情到底是打哪來的？谷川拒絕了順子。美菜惠終於發現，谷川只能選擇拒絕。受到耀眼的高中女生青睞，被她那種自我中心式的欲望給胡亂擺布，讓他很害怕吧。

存在人心底的「過去」是無法被推翻的。直子那句「原諒自己吧」，在美菜惠的耳中迴盪著。對於順子那股只能被拒絕的熱情，美菜惠滿是敗下陣來的感觸。

她將〈這條路〉的最後一句寫上。不再與過去的順子重逢，美菜惠咬緊牙關向右轉身，回到講台正面。

「今天開始我們要上北原白秋的作品。抄寫完後，試著發出聲音來讀一遍哦。」

昏昏欲睡的學生們一一抬起了頭。

關於致送喜帖的賓客名單開始有許多謠言，即使已經傳入耳中，谷川還是一樣沉默。美菜惠收到許多「不便出席」的回帖後，也只難過了一下子。

搬家行李中比較瑣碎的小東西，都靠谷川的車搬送。剩下的只有請搬家公司運送的家具，以及塞滿了五個垃圾袋的舊衣服。

美菜惠早一步離開學校，以備用鑰匙開門進入谷川的房間。由於玄關和廁所都分別擺上了芳香劑，在連走廊都稱不上的狹小空間裡，充滿了柑橘和香草的香氣。輪替過好幾名居住者的老舊教職員宿舍，連牆壁都被燻黑了，每一面牆就算用上三塊抹布也擦不乾淨。一直到最近，美菜惠在擦拭牆上汙漬時，還是會忍不住想起谷川在這裡對著順子下跪的畫面。當時的卑微雖然會隨時間變淡，但同樣地，自己對於和谷川一同生活的期待也愈來愈遠了。所謂「附體之靈退駕離身」，大概指的就是這種情形吧。

打開冰箱，前天買的火腿、雞蛋和蔬菜都還擺著沒動。如果跟冷凍庫裡的豬肉片一起煮，應該可以做出一道菜來。美菜惠打開水槽下方的抽屜準備拿米出來洗時，玄關的金屬門傳來吱嘎的聲響。

若是在玄關說話，聲音會在教職員宿舍的樓梯與水泥牆之間迴盪，周圍四戶住宅內都聽得到。所以大家都是走進客廳後才說「我回來了」和「你回來了」。谷川叫住打算走回廚房的美菜惠。

「我們去煙火大會吧？」

「煙火大會？」

「嗯。可以開車到河口，然後走一小段路。順便在外頭看看有什麼好吃的，怎麼樣？」

比起煙火，「走一小段路」這句話更吸引美菜惠。她回答「好啊」，關上了水槽下方半開的門。

坐上車後，美菜惠並不像往常一個勁兒地聊著當天發生了什麼事。閒得發慌的時間，被收音機裡播放的歌謠給填滿了。

雲朵薄薄地飄在天上，如剪下的指甲般細瘦的彎月，高掛在河口對岸之上。距離施放煙火的時間還有五分鐘。他們將車停在距河口兩百公尺的停車場，下車步行。從高地或美食街看去，來看煙火的人們都朝著河口而去。橋上已聚集了許多人，警察引導人群往河畔的會場走去。在熱鬧街道旁的橋畔，則有許多前往河岸會場的人群列隊著。

谷川並不喜歡人多的地方，為什麼今天會邀自己來看煙火？雖然開心，被人群推著走的美菜惠還是一頭霧水。時而揚起的晚風混合著汗臭味，不知從何處吹拂而來。美菜惠感受著與谷川的手臂相互摩擦的感覺，抬頭看向他的臉。

——這個人的汗，我一點都不介意。

在下課時間擦肩而過時，美菜惠從未覺得谷川身上的任何氣味是體臭，現在也是一樣。當他以有些尷尬的姿勢抱著美菜惠的時候、把他的內褲放進洗衣機的時候，她也一點都不介意谷川的氣味。

突然，第一發煙火以螺旋的方式飛上夜空。伴隨著幾乎撼動內臟的巨大聲響，火光化成了一朵花。一朵，再一朵，在撼動天空的綻放之後消散。

谷川的手錶碰到了美菜惠的手肘，她悄悄牽起了谷川的手。看著煙火形成的巨大花朵散去時，「不介意的氣味」也化成了「喜歡」的同義詞。

——這條路，曾幾何時走過的路⓮。

啊，我真的，喜歡這個人。美菜惠在心裡重複了一遍，眼淚讓煙火迷濛了，人群混雜的黏膩與夏日最後的風景都迷濛了。谷川以語尾上揚的語氣在她耳邊問道：「怎麼了？」美菜惠搖了搖頭，用力回握谷川牽著她的手。這條路，曾幾何時走過的路？她在喉嚨裡反覆念著。

如同孩子成長為大人一樣，即使當初的狡猾轉變為包容、即使戀愛幻化成不符預期的模樣，也必須反覆在正負之間進進退退，才能找尋出最適切的答案。婚姻，也是個填空題。

高速連發的煙火在水面上拉出扇形，隨著數發高空十號煙火的施放，煙火秀畫上了句點。空炮以乾癟的聲響宣告活動結束，人潮也隨之開始移動。美菜惠與谷川被人潮推著再次踏上通往橋上的階梯。走向鬧街的步伐，從過橋的人群中分流而出，美菜惠和谷川走到港邊的停車場，依然牽著手。

美菜惠叫了聲「老師」，谷川回應：「怎麼了？」

「我得了婚前憂鬱症。」

谷川沉默了幾秒，站在電線桿與電線桿間的正中央、燈光最昏暗的地方，簡短地說了一句。

「明年，我們也來吧，來看煙火。」

——這條路，曾幾何時走過的路。

混雜著經過的車聲，美菜惠小聲回應：「嗯，好啊。」被牽著的手，如願地感受到了回握的力量。

啊，是啊。

刺槐的花，正綻放著⓯——在兩人共有的夜空裡。

⓮日本童謠〈這條路〉的第一句歌詞。

⓯日本童謠〈這條路〉的第二句及第三句歌詞。

2005

靜江

凌晨五點，很早就天亮的街道上，還掛著閃爍的星辰。才剛踏出公寓的玄關，白色的吐息就讓視線變得模糊，只好向下方吐氣。在一年中最寒冷的二月清晨，最高溫也不會超過零度，無論吐息或心情，都很難積極向前。

三天前，須賀靜江由收銀員轉任熟食部。在新富超市工作至今，已經快十年了，收銀的方式也從輸入金額進步到掃描條碼。近來，熟練的技巧在這行已愈來愈不受重視，被派去協助不熟悉如何掃描條碼的新員工幾個月後，收銀處便沒有需要靜江的地方了。

「須賀女士，下禮拜開始妳的工作時間會稍有變動，麻煩妳轉調擔任上午的熟食部領班。」

店長的態度雖然很客氣，但是收銀處的寒冷，根本無法與熟食部辛苦的刷洗工作相提並論。年輕時還可以在小酒館找到兼差，但從三十多歲到四十歲之後，無論到哪裡面試總會吃閉門羹。最常聽到的理由就是「不景氣」，但在漁業與煤礦都蕭條的北海道東部港區，這可不是昨天或今天才開始的事。即將邁入六十歲的靜江，即使在衛生褲或長袖襯衫外多穿上毛衣或毛外套，不管人是在家中或職場，她還是會因寒冷而不禁顫抖。

從公寓步行二十分鐘。夏天時毋需多擔心的通勤路線，如今卻因為結冰而舉步維艱。如果冰上還堆著薄薄的雪，很容易會摔跤骨折。轉到熟食部上班後，早上四點就必須起床，在酷寒二月到沒有暖氣的地點上班，實在需要過人的毅力。幾乎快跌倒的時候，靜江想到，這該不會是超市想逼自己辭職而採取的策略吧？事實上，過去收銀部同事被告知必須轉任熟食部時，不是當場辭職就是做不到一年便離職了。

深藍色的防寒裝整個塞在更衣室的置物櫃裡，那件防寒裝是去年底離開靜江的男人忘記帶走的。男人是卡車司機，兩人同居的第十年，他離開靜江跟新女友在一起了。靜江五十歲、男人四十歲的時候一切都還好，等到靜江六十、男人五十歲之後，兩人之間的關係與想法似乎都快速脫節。尤其對方的新女友才三十多歲，不管怎麼說都是靜江比較淒慘。

相隔兩個置物櫃的位置，一樣穿著好幾件衣服的君子，正將手穿入工作用烹飪服的袖子中。外頭的天色似乎亮了些。注意到靜江看向她的視線，君子一臉不悅地說：「簡直冷到都想發脾氣了。」穿好衣服走向廚房時，君子突然停下腳步。君子與靜江年紀相近，半年前從飲料部被調到熟食部來。雖然遣詞用字還算有禮貌，但因為她好辯的個性，所以其他同事總和她保持距離。君子一手拿著口罩，一邊跟靜江聊起來。

「須賀小姐，這裡的工作還習慣嗎？」

「早上很早就要起床有點辛苦，再過一陣子應該就會習慣了吧。」

「不覺得冷嗎？」

「很冷啊，但沒辦法。」

「身體不覺得痛嗎？」

「嗯，有一點。」

君子深吸一口氣又再吐氣，微微動著一片嘴唇說：「不好意思，但我打算要辭職了。」她撐了半年，可能做得還算認真。雖然頭兩個小時的時薪有多兩百圓的清晨加給，而且中午就可以下班回家，不過一旦真的開始做，就連才做三天的靜江都覺得這份工作索然無味。無論是身為女人或是職場上的戰鬥力，靜江實在很難認同如此不被需要的自己。

「這樣啊。」說完這句話，靜江沉默了。果然每個人到這裡後都會辭職啊，自己也不知道可以撐到什麼時候。

「須賀小姐，妳什麼時候要辭職？」

「還沒想過，我才來這裡第三天啊。」

「妳不覺得，如果我們一起辭職的話，說不定店長就不會做這種調派了？」

公司打的算盤，就是想讓我們兩個一起辭職吧——靜江正準備開口，又把話吞了回去。一大清早就談這種事有什麼意義呢？只會讓當初男人離開時的沮喪再度擾亂心緒而已。

「君子小姐，妳離職後要做什麼？」

「我二女兒下個月要生產了。她說希望生完孩子就能立刻回去工作，所以之後我打算幫她帶小孩，她也會給我保母費。就算是自己的父母也會明算帳，現在年輕人的想法好像是這樣。」

什麼嘛！靜江默默在心底咒罵著。原來她的新工作場所不但很暖和、可以理所當然地陪孫子，還有錢可賺。對於君子那擺明炫耀的態度，靜江也只能回答：「那不是很棒嗎？」

過分客氣的態度、往自己身上窺視的眼神。看到君子那副模樣，靜江忍不住擔心，她是不是也不知從哪兒聽到自己去年底被男人甩了的事。一旦這麼想，那種空虛無助的感覺就令靜江心慌得手足無措。

「像那種好機會，我可沒有啊。即使很冷也只能繼續工作。」

「這樣啊。」

面對靜江否定自己的提議，君子沒露出一絲沮喪。她果然只是在炫耀。靜江戴上口罩，穿過君子的身邊走向廚房。

一被調到熟食部，靜江馬上被指派負責清洗食材的工作。在冷冰冰的水裡清洗白蘿蔔、芋頭、紅蘿蔔和魚。把蔬菜上的泥土洗掉後，必須重洗一次，去除內臟的魚也需要再次清洗。即使在棉布手套外再戴上厚重的塑膠手套，寒意還是從指尖、手腕、手肘一路攀爬到肩膀。等到所有該洗的都洗完時，已是全身發冷，不只手肘、膝蓋等處，全身的關節都爬滿又刺又麻的痛楚。關於各種抗寒的祕訣，靜江第一天到這裡時就聽膩了。聽打工同事說「有很好的藥」，也拿了介紹的小冊子，結果原來是會花掉大半薪水的昂貴藥品，介紹藥品的女子似乎自己就是可抽成的代銷人員。在超市工作的人，無論冬季或夏季，大家都對身體寒冷十分傷腦筋，對她來說超市就是個充滿潛在顧客的好地方。而在一旁幫腔宣傳藥效、讚不絕口地說著「真是買對了！」的同事，聽說也開始代銷，並對親戚或鄰居大肆推薦。

時薪七百圓。從清晨到中午前在廚房拚命工作，大概可以賺到近四千圓。每個月的收入大約在十萬圓上下，必須用來支付房租、電費和餐費，因此手邊不是所剩無幾便是超支，根本沒辦法支付年金保險費。有男人的時候，他會負責付房租，靜江只要支付餐費和電費即可。雖然生活無法奢華，但起碼還有餘裕可以購買化妝品。現在已經買不起、也沒必要買除皺或美白的高價保養品了。新的一年開始後，在靜江眼前的卻只有每況愈下的日子。

當晚，靜江去完公共澡堂回家後，從櫥櫃的抽屜裡拿出一封信，那是女兒順子當初在札幌工作的和菓子店「幸福堂」老闆娘寄來的道歉函。郵戳日期距今已經二十多年。攤開信紙後，信上重複多次的「實在非常抱歉」幾個字，讓靜江感到無地自容，立刻又把信收回信封裡。

收到這封信，是在順子與幸福堂的老闆私奔之後的事。聽當初幫忙找工作的公寓房東說「順子肚子裡好像已經有孩子了」時，靜江就對女兒感到死心了。靜江自己國中畢業後就到公務員休閒中心擔任廚師，十幾歲時就生下順子。與同一個男人兩度結婚又離婚之後，每三、五年便換一個同居對象。因此，打從一開始，靜江就沒什麼資格責怪女兒選擇的生活方式。

對順子的事大表不滿的，是當時跟靜江同居的男人，他是一名年輕時曾度過荒唐歲月的板金工人。

「妳這傢伙，女兒可是妳一手拉拔大的，多少跟對方要點遮羞費，也是為人父母的責任吧？」

靜江聽信了他的話，兩人來到和菓子店。氣質高雅的老闆娘顧不得多看他們一眼，便急著低頭道歉，看到此情此狀，靜江頂了頂男人的手肘。望著老闆娘憔悴的面容，靜江心想，說不定自己這方才該賠償人家。胡亂謾罵對方一陣後，結果連女兒的行蹤都沒搞清楚就結束了。離去之際，老闆娘將裝有兩人份來回車錢與住宿費的信封交給靜江。她還記得在回程電車上，男人惡毒地怒罵：「才只比實際花費多一萬？」

靜江從抽屜裡拿出另一封信，那是當時房東寄來的信。信中提到，自己居中推薦順子去工作，卻使和菓子店的經營陷入危機，也讓年輕的順子賠上了未來，對此他感到非常抱歉。不過，在「對兩方都很抱歉」這句話的前後文，卻也夾雜著靜江身為人母應該反省自己生活不檢點及品性不良的責備言詞。

靜江心想，竟然被說成那樣。只是，即使被說成那樣、無論失敗多少次，學不會的事情還是學不會。男人啊，為什麼在相遇時與分手時，會完全變成另一個人呢？靜江到現在還是搞不懂。

同一個信封裡還有一張對摺的明信片，告知靜江已經知道順子住在哪兒了。房東打了好幾通電話靜江都沒接，所以在明信片上他先教訓了靜江一頓，最後才寫上順子在東京的地址。收到明信片時，靜江正和一個穩重的男人同居。聽到順子的事之後，他說：「別去打擾他們比較好吧。」或許是因為交往過許多浪蕩的男人，穩重的男人沒多久就讓靜江覺得無趣了。

現在想起來，或許別去打擾他們是正確的。聽說，順子生下孩子，還開了間拉麵店。連自己的雙親喪禮都沒有被通知出席的靜江所生的女兒，就算沒有辦法登記結婚，只要她能和同一個男人白頭偕老也就夠了。

正想把明信片塞回信封時，靜江的手突然停住。

——拉麵店。

靜江思索著，不知道拉麵店的生意好不好？那裡不知道有沒有自己的容身之處？因為刷洗工作而冰冷的身體，住在連浴室都沒有的公寓裡。她想像著，自己不知何時會死在電視機前。一旦開始想，自己的身體就在想像的畫面中逐漸衰敗腐爛，她甚至開始嗅到自己的身體腐朽後的氣味。

突然覺得好可怕。一個人過日子、一個人死去、明天又要用令關節麻木的冷水刷洗蔬果，沒有任何人需要她，這些事全都令人恐懼至極。

時鐘的時針指向晚上九點。再不趕快鑽進棉被裡，只會平白浪費太多暖爐用的煤油。明知如此，心情卻像蛇腹一樣不斷反覆伸縮著。靜江提心吊膽地撥打明信片上的拉麵店電話。

「寶食堂，您好。」

是女人的聲音。靜江不知該怎麼稱呼自己，只好陷入沉默。電話那頭不斷傳來「喂、喂」的聲音，當她發現對方應該是順子時，更不知道該從何說起。其實只要說句「我是媽媽」就好了，但靜江卻發不出聲音。順子說道：「是網山先生吧？」

「網山先生，如果要點一碗拉麵，請像平常一樣敲三下聽筒。如果要附上白飯的話，請再多敲幾聲。」

「不，我不是網山。」

這下換順子沉默了。「我，不是網山。」靜江的聲音變得更小聲了。沉默數秒之後，順子開口了。

「是媽媽嗎？」

「嗯。」

靜江不知道接著該說什麼，事到如今，該用什麼態度說些什麼才好？沒有女兒在身邊所度過的歲月，比女兒出生後在同一個屋簷下一起生活的時間還長。而即使是一起生活的那段時間，靜江也不是個多盡責的媽媽。不知從什麼時候開始，靜江滿腦子只想著男人。如果對方說小孩很礙事，她就會將年幼的順子隨便託人照顧，好讓男人上門。她也曾經在跟男人交往時，瞞著對方自己有小孩的事。為什麼自己會這麼需要男人，現在的她終於了解了。因為，她害怕一個人。為了不要一個人過活而做出的所有行為，最終卻讓她只剩自己一個人。被自己的孩子所需要，對年輕時的靜江來說，並不足以溫暖她的心。

「媽，妳還好嗎？」

「嗯，妳呢？」

「我很好啊。這麼久沒跟妳聯絡，對不起。很高興接到妳的電話。」

即使知道自己思考時有什麼壞習慣，卻無法停下來。一旦有人溫柔以對，靜江便會一副理所當然的樣子纏上對方。她覺得，或許可以去投靠這個被她拋棄的孩子。即使知道不可以，但期待的漣漪卻已在心裡漫溢開來。

「沒事就好。太好了。拉麵店生意好嗎？」

「嗯，還過得去。」

靜江也問了順子丈夫與孩子的近況。和順子私奔的男人，應該比靜江還年長吧？

那個年齡大很多、幾乎可以當順子爸爸的男人，順子還和他在一起嗎？靜江心裡暗自期望順子的對象已經換人了。這麼一來，身為母親的靜江，似乎就能將自己過往的罪惡稍微抵消掉，還能以「有其母必有其女」的說法來讓自己安心。

「我們家老爸和小輝都很好。」

「是兒子嗎？」

連外孫的性別都不知道。其實像現在這樣一個人生活之前，她根本也毫不在意。

聽到外孫已經快二十歲了，靜江再次語塞。

「有空來看看我們啊。」

靜江含混地回應後，順子又邀請了一次。但旅費……靜江差點就要脫口而出，趕緊吞了回來。期待的漣漪再次漫溢，逐漸氾濫，無邊無際地持續擴大。

「謝謝妳。」

察覺自己差點哽咽，靜江趕緊故作開朗地說著。順子說，她只有星期日休息，如果可以的話，希望可以在星期日慢慢聊，靜江也表示理解。掛上電話後，靜江開始思考打到東京要花多少電話費。一百、兩百，還是更多？應該用公共電話打才對。

外孫啊——

即使聽到外孫已經二十歲，靜江還是一點概念都沒有。應該是一路平安無事長大的吧？究竟被教養成什麼模樣？沒變成流氓或不良少年嗎？沒長成只靠父母養、遊手好閒的孩子嗎？想像總是以至今跟自己交往過的男人為範本，他們全是些不正經的傢伙。靜江自己也半斤八兩。她腦中膨脹的期待，又被自己想像中的不幸給打斷，躲回了身體裡。

——總之先籌出旅費，到東京去看一看吧。

拋棄雙親、而後被雙親拋棄，看起來像是被所有一切給捨棄的自己，似乎還留著一條細細的線。靜江思索著，同時卑微地祈禱女兒並未擁有超越自己想像的幸福。

降落時還穿著的大衣，在邁步走入通往機場大廳的通道之前就脫掉了。才二月底，東京已經春暖宜人。雖然已預想沒有下雪，但沒料到竟然是這麼暖和。

從單軌電車的窗戶看出去，東京一片蔥鬱，這裡的陽光與北海道東部完全不一樣。看著高聳建築直入遼闊藍天的市景、在大廈玻璃帷幕上來回跳動的陽光，眼前宛如另一個世界。

隨著換乘電車的次數增多，乘客人數也逐漸變少。

靜江把寫有地址的紙條拿給經過的路人看，確認目的地的方向。不確定到底距離車站多遠就搭計程車的話，實在太冒險。雖然搭乘電車或地下鐵可以到很多地方，但多次換乘也很花錢。

交通旅費總共要花多少？等靜江回過神來，才意識到自己一直在計算花費。為了賺到這筆旅費，必須要用多少寒冷的回憶來換？靜江忍不住覺得，都市雖然沒有碎石子路，沒下雪也不寒冷，但是在不知不覺之間，早已變成只要沒錢就寸步難行的不便之地了。

脫下來的大衣和旅行袋讓兩手沉甸甸的，化學纖維製成的罩衫也沾上了汗漬。靜江突然發現自己不斷嘟囔著「好熱、好熱」。僅有的錢都花在購買最便宜的機票了，沒有多餘的錢可以買新衣服，只好在現有的衣服中儘量選了一件最貴的。雖然衣服的顏色與設計一點都跟不上流行，但起碼看起來不致於太寒傖。

靠著講電話時記下的筆記和站務員的指引，靜江終於來到拉麵店前。在冷清的商店街角落，掛著「寶食堂」的暖簾。雖然是星期六下午，街角卻毫無人煙。

春日的陽光灑落在商店街緊閉的鐵門與連椅墊都不見的腳踏車上。寶食堂的暖簾並未隨風搖曳，而是無力地垂掛在屋簷下。一步步走近暖簾，靜江低頭看了好幾次手錶，確認時間是「星期六午後」無誤。跟下週的休假對調後，今晚才有辦法在這裡過夜。她環視商店街四周，只有寶食堂稍微顯眼一點。對面的咖啡廳似乎已經廢棄很久了，貼在大門上寫著「出租」的紙張，也因為日晒變得卷曲破爛。

雖然心中想著不如直接轉頭回去算了，靜江還是鼓起勇氣拉開寶食堂的大門。

「歡迎光臨。」

循聲望去，在懸掛著麵勺與湯勺的廚房裡，站著稍微駝背、一臉窮酸相的老闆。

這是一間除了吧台的位子外，只有兩桌和式榻榻米座位的小店。跟靜江年輕時和男人一起工作的拉麵店相比，連一半的空間都不到。過了一會兒，靜江才想起這裡的地價比較高。雖說已經過了正午時段，但怎麼會連一個客人都沒有？店面一點都不時髦，但可以在死氣沉沉的商店街裡持續經營下去，應該是還夠生活吧？老闆拉回垂下的視線，靜江輕輕向他點頭示意。

「您是，媽媽？」

「不好意思，因為女兒邀請，我就過來看看了。」

被年紀比自己大的男人叫「媽」，感覺很奇妙。拋下和菓子老鋪的老闆娘、和順子一起私奔的，真的是這個男人嗎？自己交往過的男人比他好多了。發現自己這麼想時，靜江趕緊把這念頭趕出腦子。雖然自己過去也曾經跟男人度過好日子，但從來沒跟任何一個男人一起生活二十年之久。

男人伸手拿起靠在廚房牆邊的竹掃帚，以掃帚柄朝天花板敲了兩聲，一共敲了兩次。幾秒後，從二樓傳來關門的聲響，接著是從外面的樓梯跑下來的聲音。食堂的門打開了，素著一張臉、將亂翹的頭髮綁成辮子的順子出現在門口。她穿著綠色的運動服，胸前印有「龍北高中」的校名。

「媽，歡迎妳來。」

靜江凝視著女兒的臉。比起思念或慚愧之情，女兒那意料之外的老態，讓她隱藏不住自己的訝異。明明才四十歲左右，竟然連個粉底都沒上。拉麵店的模樣和順子的打扮，幾乎讓她忘了自己正身在東京一隅。

「妳是順子嗎？」

點頭示意的臉上，滿是皺紋與斑點。靜江想不起來，自己的女兒什麼時候露出過這樣的笑容。不過，在母親面前，她本來就是個愛笑的孩子吧？順子身後的暖簾被掀了起來，是個男孩。方格襯衫上罩著深藍色毛衣，下半身則穿著牛仔褲。男孩的身高與順子相差無幾。

「媽，這是小輝。今年四月就升大二了。」

「您好。」

兩人幾乎同時向對方點頭示意。第一次見面，雖然是自己的外孫，感覺起來也像陌生人一樣，靜江沒辦法一見面就展現出外婆的樣子。她發現在自己的心裡，血緣的親密感已經完全凋落。在這個時刻，如果能表現出一副思念對方的模樣，再假裝掉幾滴眼淚，應該就可以縮短一些距離了吧？長年跟男人一起生活的心性，在這種場面時卻只覺得尷尬麻煩。從她的嘴裡，此時只說得出「東京真是暖和啊！」這種可有可無的話。

「與釧路相比，現在應該算是很熱了吧？再不到一個月，這裡的櫻花就會開始綻放囉。」

別光是站著說話啊，順子的丈夫說。「吃吃看我們家的拉麵吧！」順子指了指和式榻榻米座位。小輝接過靜江的行李與大衣，小心仔細地放在一旁的榻榻米上。

小輝與順子長得很像，也和一個曾經對靜江很好的男人有些相似。靜江和他結過兩次婚，也是他讓靜江明白，曾經失敗一次的關係，是沒有第二次機會的。那一段生活，根本就是隨便結婚又草率離婚的最佳範例。當時兩人動不動就大吵「不然蓋章離婚好啦」，兩人之間的應對逐漸變成例行公事，而彼此都對這樣的例行公事感到厭煩不已。

女兒竟然可以二十年來都跟同一個男人在一起，這個事實令人感到不愉快。感覺起來，好像自己比女兒差勁一樣。

「你們還沒登記嗎？」

「嗯。這樣就好，習慣了也不覺得有什麼。」

「不會覺得有些不踏實嗎？」

順子稍微想了想後說：「不會耶。」聽來彷彿事不關己。兒子都快二十歲了，卻在沒登記結婚的狀況下一起生活。相對於當初拿懷孕來當做結婚理由的靜江，順子的想法與做法都跟她大相逕庭。雖然順子說她已經習慣了，但在這樣的生活中，她到底習慣了什麼？

順子說，小輝正在國立大學的工程學系就讀。

「工程學系要學些什麼？我沒念過什麼書不太清楚，不好意思啊。」

小輝穩重地回答：「我學的是建築。」身旁的順子眼神炯炯發亮，接著說道。

「這孩子從小就喜歡看書，他最喜歡的書是世界遺產圖片集。那時候，他還說過很奇怪的事情呢。」

順子一笑，布滿斑點的臉上皺紋也跟著更加明顯。高中時圓鼓的雙頰已經凹陷，而凹陷的臉頰上還出現了好幾條橫向的皺紋。

靜江問：「什麼奇怪的事啊？」小輝不好意思地低下頭。

「他說，他想把全世界的廁所都弄得很漂亮。」順子一邊說，一邊咯咯笑著。靜江回應了聲：「啊？」接著看向不知該怎麼應答的小輝。

「我很喜歡看國外的各種建築物。雖然只看過圖片而已，但我非常想知道那些建築物內的廁所是什麼樣子，所以我看了很多書，發現書中提到，跟日本比起來，國外的廁所並不好使用。」

光是聽他說話的方式，靜江就知道這孩子未經世故。結結巴巴、一句一句地說著。他的確是個好孩子，都二十歲了還能誠懇地直視對方，一邊反覆眨著眼，一邊努力地談論公共廁所。如果他出社會時還是這個樣子，有辦法適應嗎？靜江的腦中出現了另一個擔憂。

「話說回來，順子以前也很喜歡看書呢。」

「我是在圖書館拿到什麼就看什麼，小輝是只看跟建築或廁所有關的書。」

談到兒子時，順子的表情也和小輝很像。無論女兒或外孫，都很適合「不知世事」這個形容詞。

靜江這才發現，在這對母子面前，跟他們聊這些不搭調的話題，就跟同事之間尋求共鳴的閒話家常一樣，非常需要嫻熟的處世智慧。在靜江漫長的打零工生活中，她看過多次女人們聚在一起時相互訴苦的模樣。每個人嘴巴上談論著自己的不幸，臉上卻都是一副相較之下自己好像沒那麼慘的表情。

靜江漠然地看著自己的女兒和外孫，心想，這世上大概沒人能在這兩個人的小圈圈裡應對自如吧。

老闆從廚房喊了聲「好了」，似乎並不擔心有客人上門。

靜江把送上桌的碗公拉近，小輝立刻遞上衛生筷。向小輝道謝後，靜江先啜吸了一口湯。

「好吃。」

順子笑著說：「好吃吧！」她誤以為靜江是真心這麼覺得，流露出自然的笑容。

老實說，味道太過濃厚，靜江的喉嚨甚至開始刺痛。大概東京的人都喜歡重口味吧？麵和水煮蛋沒問題，但湯真的沒辦法喝。這碗麵，如果肚子不餓的話，大概會留下大半碗吧，就是那種程度的滋味而已。

「晚上我們家老爸會下廚大顯身手做中華燴飯哦，敬請期待。」

為了避免話題又回到拉麵口味上，靜江趕忙詢問順子工作的事。

「妳說只有星期日休假？」

「嗯。今天是星期六，我只要下午出門一趟就好。明天，我們在東京逛一逛吧。都特地過來了卻只能住一個晚上，真是太趕了。」

「因為我也要工作啊。話說回來，我還沒問過妳在做什麼工作吧？」

順子驚訝地回答：「是嗎？」趕忙回答她在做保險業務員。

「對面咖啡廳老闆的太太退休後，我就接著服務她原本的客戶了。」

該說些什麼呢？靜江在職場的經驗也算豐富了，每當女人聚在一起時，老是背地裡一塊兒咒罵保險員。他們老是擺出一副要跟你做朋友的嘴臉，然後以彷彿是全世界最關心你的人的口氣，滔滔不絕地討論「等你死了以後……」或「如果你生病的話……」等話題，最後拍拍屁股走人。

「應該很辛苦吧？」

順子回答「還好啦」，接著開始勸說靜江也購買「成人慢性疾病、三大疾病專用，可中途停繳的保險方案」。如果每天都吃這麼重口味的拉麵，絕對會得慢性病吧？靜江忍著沒把這句話說出口，努力改以故作開朗的聲音說：「我沒有多餘的錢可以投保啦。」靜江提醒自己，不可以低聲下氣，也不可以露出有所期待的情緒。

順子笑著說：「大家都這麼說。」

「不過，投保不是為了自己，而是為了還活著的人能做的事之一。我自己也是這麼覺得。」

「妳也幫妳丈夫投保了嗎？」

「沒有。我賺的錢，光是付小輝的教育儲蓄險就很吃緊了。」

靜江突然開始責備起過去的自己，垂下眼睛。

「我啊，真是什麼都沒替妳做呢。」

不自覺說出示弱的話，竟然讓靜江覺得輕鬆多了。等著誰開口否定說「不會啦」的時間，也彷彿將自己卑微的情緒攪散稀釋了。靜江一邊想著終於說出口了，同時覺得鬆了口氣。我只是凡人呀。靜江在心中重複念著，凡人，只是凡人。小輝慢吞吞地一根根吸著麵條，泡爛的麵條從麵湯裡鼓了出來。順子若無其事地默默看著這麼做的兒子。

「沒幫我做什麼也很好啊。比起那個，只要妳健健康康，我就很感激了。」

靜江沒接話，只是又喝一口死鹹的湯頭。

當穿著工作服的男客人踏進店裡後，三人便上二樓去了。走上階梯，靜江被帶入僅有六張榻榻米大的兩房隔間，裡面有個簡陋的小流理台，是個寒冷的空間。太陽西下後，氣溫似乎很快就下降了，唯一能取暖的只有小電視機旁的一台電暖爐。房間深處的一面牆壁是書架，書架旁有張書桌。整齊的書架與書桌，看起來彷彿是另一個世界。再加上衣櫃和塑膠衣櫥，幾乎把六張榻榻米的空間給塞滿了。

「雖然很冷，但是在店裡打烊之前，請再忍耐一下。因為樓下用電的時候，如果樓上打開電暖爐的話就會跳電。」

「這房子這麼舊了嗎？」

聽到房子已經有四十五年的歷史，靜江便理解為什麼移動腳步時榻榻米會向下塌陷了，走起來的觸感很不舒服。

「媽，不好意思，我要先去處理一下工作，因為有位新客人只有今天才有空。我應該晚飯前就會回來了。」

順子邊說邊開始換裝。小輝背對母親在書桌前坐下。他們三個人的狹窄生活，絕對談不上輕鬆。即使看到眼前的光景，靜江心裡還是存有一絲老後與女兒一家一起生活的期待，這一點，連她自己都覺得訝異。只是對順子來說，比起母親的老年，丈夫的老年生活才是更加緊迫的現實問題吧。「不可能、不可能，絕對不可能啦！」靜江不斷在心中說服自己。

順子換上黑色的長褲套裝後，拿起一個黑色大包包便出門了。

那天晚上，靜江拿著棉被在房內角落四處移動，從洗碗槽、電暖爐到電視旁都躺過了。聽著順子與丈夫熟睡的呼吸聲和鼾聲，靜江度過了一個難以成眠的夜晚。小輝到附近的熟人家去借住了，靜江的棉被似乎是外孫平時用的。拉麵店打烊後雖然可以開電暖爐，但也只開了短短一小時。之後就因為「很浪費電」而關掉暖爐，所有人都鑽進棉被裡。互道晚安之後，窗外醉漢發酒瘋的吵鬧聲與遠方傳來的電車聲交融在一起。

隔天，靜江和順子在中午前離開了寶食堂。被問到想去哪裡時，一想到在這片土地上走到哪裡都要花錢，靜江便回答「沒有特別想去哪裡」。順子出門前換上皺巴巴又褪色的格子棉襯衫，下半身則是完全不合身的牛仔褲。靜江從來沒想過，自己會和穿成這樣的女兒一起出門。

「那，我們去東京鐵塔吧。」

「我怕高的地方。」

「去啦，我也還沒有上去過呢！如果沒跟媽媽一起去看看，我大概這輩子都不會去了吧。」

聽順子說，他們逃離札幌後，輾轉流徙於日本各地。明明在東京落腳已經超過十年，順子卻連東京鐵塔都還沒上去過。

在快速上升的電梯裡，才剛壓著耳朵，一下子就走出電梯了。散發著寒意的藍天與高樓在眼前延展開來，順子發出如孩子般的歡呼聲，一路走到窗邊。靜江把視線從女兒身上移開，看著前方的高樓市景。一想到這是得花上千圓才能看到的景色，不知為何就令人覺得不舒服起來。靜江突然很想問問，從這麼高的地方向下看到的場所，到底有什麼價值？

「媽，所有的東西都變得好小哦。」

「嗯，只不過好多大樓，讓人有點心神不寧啊。」

兩個人彼此搭腔說著「好棒、好驚人」之類的話後，便漸漸無話可說了。無論是眼前這片從未見過的景色，或是與女兒見面的事，都讓靜江覺得今日的黃昏像是一場即將醒來的夢。

「媽，謝謝妳過來。」

靜江點點頭，想起今晨起床時的對話。

早上看見回到家來的小輝戴起了隱形眼鏡，靜江問順子小輝是不是眼睛不好？順子說了一個靜江很陌生的病名，但因為順子的語氣聽起來若無其事，所以她也沒再多問。方才搭乘電車時，才聽說小輝遲早必須接受眼角膜移植的手術，讓靜江的心裡開始騷動不安。

「所以，我必須要拚命工作才行。」

順子笑著說，自己只能看著眼前的今天，實在沒有餘裕去思考昨天或明天的事，也為了長時間失去聯絡而向靜江致歉。

向下看著高樓市景的順子，突然以尖銳語調叫了聲「媽！」。問她怎麼了，順子看著窗外，指著遠方說道。

「妳看那邊！那邊那棟大樓對面很遠的地方。妳看得到嗎？」

「那邊是哪邊？」

「從那個一小片綠意的區域開始一直往前看到另一端，再從那個被大樓切斷的地方看向對面，那一帶就是我家啊！」

其實，靜江根本不知道順子指的地方是哪裡。在這裡看得到自己家，值得這麼開心嗎？雖然覺得困惑，靜江還是隨口附和了一下，順子像是找到世紀大發現一樣欣喜不已。突然，順子的笑容黯淡了下來。

「媽，對不起，我昨天說謊了。」

靜江把視線投向窗外，繼續假裝正在尋找寶食堂的位置。

「我說我沒有幫我家老爸買保險，其實是騙人的。我的確幫他買了，但受益人不是我，也不是小輝。」

「那……是誰？」

「幸福堂的老闆娘。我只想得到以這個方式來向她道歉。」

縮衣節食的生活、無法傳達的歉意，還有不知何時必須移植眼角膜的兒子。這孩子到底做了什麼壞事，必須將這些責任全都一肩扛起？靜江視線中的一棟棟高樓，在藍天下漸漸變得模糊。

從東京回來的深夜，在去年底離開的男人打了通電話來。雖然暖爐開得很小，但比起女兒的家還是暖和多了。

「我正在想妳在做什麼，有好好過日子嗎？」

「沒什麼好擔心的。事到如今，你這是幹嘛？」

雖然男人謹慎地挑選用詞，卻完全沒辦法隱藏他的真意。瞞著靜江跟另一個女人交往的時候還好，但真正一起生活後，就開始嫌棄對方的各種缺點很刺眼了吧？相同的經驗，靜江可是多到嫌煩了。

「總覺得，很多事都好麻煩。」

「那些你現在嫌麻煩的地方，以前你倒是覺得很好，不是嗎？忍著點吧。」

無論對方問她什麼問題，她都反過來追問他為什麼要這麼問。當對方問她是否對兩人之間還有依戀時，靜江稍微停頓了一下，接著毫不留情地直接說他太無恥。不過男人似乎把那短暫的空白，誤解為靜江對他還有依戀。

「我們最近找個時間一起吃飯吧？」

「我今天很累了，明天一早就要起來，後天和大後天也一樣。最近一個人吃飯也覺得很美味。」

男人似乎沒聽懂靜江的諷刺，說了他還會再打來後便掛上電話。迴盪在靜江耳邊的並不是男人的聲音，而是女兒在濱松町車站向她道別時所說的話。

「媽，妳要再來哦！可以見到妳真是太好了，一定要再來玩哦。」

靜江覺得她們不會再見面了，但又覺得，如果想見面似乎隨時都可以再見到。

「妳不想回北海道嗎？」直到最後靜江都沒能問出口。現在的靜江知道，不能問。即便回到故鄉，這裡也只有一個完全不可靠的媽媽。

靜江能為女兒一家人做的，就是別給他們添麻煩而已。

隔天清晨，為了趕去工作，靜江走在夜色尚未完全退去、天寒地凍的路上。發現男人留下來的防寒裝口袋內破了個小洞，是靜江今早的收穫。與其費心把破洞補起來，不如別放入比那個破洞還小的東西。靜江知道，自己就是這樣的女人，一路走來，她一直這樣生活著。

熟食部已經不見君子的身影。

靜江把瓦楞紙箱搬到清洗池，從白蘿蔔開始依序清洗著。不到五分鐘，手肘已經開始發麻，體溫逐漸被蔬菜奪走。有些同事在全身上下貼滿了拋棄式暖暖包，在靜江眼裡，那簡直像是在全身貼滿鈔票一樣。只要相信這個身體還堪用，就得以安然度過每一天吧。

靜江把白蘿蔔洗得乾乾淨淨，摘掉所有葉子，遞給負責下一個程序的同事。最後，剩下馬鈴薯。雖然一個一個仔細刷洗，但因為鬃刷舊了，沒辦法刷掉塞在芽眼裡的泥土。靜江的右手一施力，馬鈴薯轉了一圈，從手心滾落到地面上。

靜江追著滾動的馬鈴薯，在水泥地上奔跑著。到底要滾到哪裡去？無論靜江跑得多快，都追不上那顆持續滾動的馬鈴薯。原來清洗池這麼大啊！無論靜江把手伸得多長、跑得多快，馬鈴薯依舊不斷向前滾動著。

——等等啊！

就這麼滾動著、滾動著——

2009

直子

只要潛入海裡，就搞不清楚自己究竟是活著，還是死了。直子游累了，在珊瑚礁旁放鬆全身的力量。她轉身仰躺往上看向水面，太陽變成水藍色的。看見如藍色花朵般的太陽，直子心想，果然自己應該已經死了吧。一起潛水的夥伴村下美野里以手勢問「妳在做什麼？」，直子用右手比了個OK表示沒事。

開始水肺潛水，大約是五年前的事。在那之前，直子一直忙於看護她那昏迷的雙親。有誰會想到，早上還精神奕奕送女兒出門的父母，傍晚卻因為腦部挫傷而陷入昏迷。父親退休後，父母兩人便以兜風為樂。在某次當日往返阿寒溫泉旅館的泡湯之旅回程時，他們與大卡車相撞後翻車。父親在臥床三年後病逝，母親也緊跟著在半年後離世。

有時，潛到極限的深度後，直子會想把自己的氧氣瓶拿掉。看到湛藍的太陽，總會讓這樣的想法更加強烈。或許靠著機器維持生命的雙親，他們的感受與在海底揹著氧氣瓶的感覺很像吧。

在永遠都沒辦法浮到水面上的海底，他們在想些什麼？明明只要拿掉呼吸器就能輕易死去的他們，卻在無法表達任何意見的情況下，以無法自主呼吸的狀態存活了三年。那樣，真的好嗎——？每次游回海面上時，直子總是思考著這個問題。探出海面後，陽光直接射入眼裡。遠方有片白色的沙灘。

直子與美野里搭乘的小船正駛往狹小的碼頭，美野里把眼睛瞇得小小的，自言自語道：「沖繩的海果然很棒。」雙親死後，直子每年都會來沖繩一、兩次。之所以開始接觸潛水，也是小十歲的美野里推薦她的。

「直子姊，妳覺得在沖繩工作怎麼樣？」

「妳是認真的？」

「嗯。只要在溫暖的地方，我就會覺得心曠神怡呢！」

美野里出生的岩見澤，可說是北海道雪下得最大的豪雪地區之一。她會選擇在釧路工作的理由也很妙——「因為我想在不會下雪的地方工作看看」。而現在，變成想到溫暖的地方了。自稱「天生擁有遊牧體質」的美野里，對於她自小成長的地方似乎沒有太多感情。

「心曠神怡啊。這麼說來，好像的確如此。」

「到處都有護理師不足的問題，像直子姊這樣沒有後顧之憂的資深老手，一定到哪兒都搶手。」

陽光太刺眼了。如果在這裡生活，大概會比現在更提不起勁工作吧。

不過對於「沒有後顧之憂」這句話，直子倒是能認同。直子沒有父母、丈夫，也沒有小孩。唯一一個喜歡過的男人，也成了朋友的老公。究竟女方懷孕了能不能當做合理的藉口，直子也不清楚。但既然肚子都搞大了，也只能選擇分手。這麼跟對方說後，直子便毅然放下對他的愛戀。

直子很討厭拐彎抹角的事，所以，馬上就把男人的事拋到腦後了。她下定決心不再重蹈覆轍，之後卻也沒再談過戀愛。對自己或他人都是如此，如果不得不轉彎，那就好好地轉過去吧。

全名是角田直子，所以從小到大她的外號都被叫做「直角」。在轉角處好好地轉彎，眼前與身後的景色都會截然不同。直子一直以來都是如此相信著。唯有在海中，父母臨終前的回憶才會奔竄而出，或許那是南國的海水讓她看見的感傷吧。

「直子姊，」美野里指了指陸地。

「聽說晚餐是在沙灘上烤肉哦，潛水屋的老闆會先把食材都準備好。」

「烤肉？感覺很下酒呢。」

「聽說也有幾個當地的潛水客會來。不過，直子姊，妳好像不太喜歡人群？」

「我喜歡看大家很有精神地聚在一起，但，我不太會社交。」

「怎麼可能？工作的時候看不出來啊。」

美野里的笑聲在天與海之間迴盪著。如果真的不懂社交，應該沒辦法擔任內科病房的護理主任吧？畢竟這份工作必須管理並指導年輕的護理師，再加上身處一群強勢的女人堆中，不喜交際的人如果想讓工作順利完成，最重要的就是無論遇到什麼情況都保持平常心。關於工作的程序，直子當初也是看著尊敬的學姊怎麼做，然後在一旁跟著學。當時只要護理長在身邊，直子就會覺得相當安心，直腸子的直子能夠順利升職，也是因為有她一路提拔。

「說不定不錯哦，在這種地方，一整年都可以只穿T恤就好。」

「是不是？一定很棒的啊！」

霎時，「天涯孤鳥」一詞掠過直子的心。美野里把直子當做姊姊一樣依戀，大概是因為她對自己出生的土地或手足都沒什麼留戀吧？她的雙親與弟弟現在依然住在搭電車五個小時以上才能抵達的岩見澤，但美野里從來沒有因為要回鄉探親而提出換班的要求。從護理學校畢業之後，她與家人已斷絕所有聯絡。

美野里擔任護理師時的態度既熱忱又溫柔，病人都給予她高度評價。直子留意到，在獲得高評價的背後，或許還是跟她心底對血緣的渴望有關吧。出乎意料地，人的內心想法與外在舉止往往是背道而馳，直子自己也是如此。

當晚，在總是燈火通明的沙灘上，大家圍著營火開始烤肉。與潛水屋老闆有交情的當地潛水客也來了，再加上美野里、直子和老闆夫妻，總共來了五男五女。

沖繩的太陽停留在天上的時間，長到讓住在北海道東部的人難以想像。等到天色微暗時，大家已經因為喝了泡盛⓰、啤酒、紅酒或燒酒而醉茫茫了。

遠眺彷彿還在遲疑是否西沉的太陽，泡在海中大半天的疲憊感開始滲透全身。

⓰沖繩特有的燒酒，以米蒸餾製成。

直子在沙灘上坐下，美野里隔著烤肉爐叫喚直子。她似乎有點醉了，直子假裝沒聽到，繼續喝著啤酒。

「直子姊，這裡的職缺好像很多呢。」

拿著罐裝啤酒的美野里在直子身邊坐了下來。有一名剛開始烤肉時還沒到的人，正在烤肉爐旁跟老闆說話。

「那個很高的男人，聽說是離島的醫生。」

「是哦。」

「看起來不像吧。聽說是個不過百來人的小島。」

「妳說有很多職缺，是什麼意思？」

「所有的護理師，都是以半年期的合約被招募來的。大多數人都是被可以享受海上運動或觀光之類的說法所吸引，但聽說好像很少人會續約。」

也有一些護理師是以兼職方式遊歷全國，護理師和廚師一樣，只要有一技之長，到哪裡都可以找到工作。若是對工作條件沒有太多要求，甚至可以自由選擇喜歡的工作地點。

「對方想叫妳跳槽？」

「可是我聽到薪水後，有點遲疑了。不過，包食宿這點倒是很吸引人。而且，這裡好暖和啊。」

直子聽說過北海道和沖繩的護理師薪資差距很大，連沖繩本島都如此了，離島的條件應該更嚴苛吧？畢竟也不是什麼適合遊山玩水的地方。

「妳問過護理師一職已經空缺多久了嗎？」

三年，美野里答道。比起辭去現在的工作，遠渡到偏僻的離島可能需要更大的勇氣。「妳好好想清楚。」直子如此勸說。美野里回答：「好的。」遠方的老闆大聲詢問：「啤酒夠喝嗎？」直子舉手示意還要一瓶，美野里便大聲回答「再來一瓶」。

隔天，兩人把在潛水屋廚房裡做好的便當放入攜帶式保冷箱，前往海邊浮潛。坐在遮陽傘下的美野里，問了直子潛水時在水中看著太陽的舉動。

「看著直子姊揹著氧氣瓶那麼做，讓我想到奇怪的事。」

「什麼奇怪的事？」

「感覺起來，直子姊好像戴著呼吸器睡著了一樣。」

直子一邊笑著，一邊將視線從美野里身上移往地平線。

看著雙親成為「會呼吸的亡骸」的那段期間，一點一滴慢慢地從直子身上奪走活下去的動機。對直子而言，活著代表能靠一己之力呼吸。偶爾直子會想在海底把氧氣瓶拿掉，是出自於深刻的懊悔之情，懊悔自己曾強迫雙親過著無法自主呼吸、不知何時才能終止的生活。負責照顧他們的直子，當時感受到的竟是一種無可奈何的安心。時至今日，直子仍無法擺脫那份罪惡感。

傍晚，美野里開著老闆的車去買土產，直子則是盡情地遠眺地平線。

休假結束後回到釧路，當地已經刮起寒涼的秋風。時序進入九月後半了。從有點晚的暑假晒黑回來時，個人房已有兩名患者去世了。患者一個接一個住院，有些人一週就可以出院，有些人做好待上三個月的長期抗戰準備，也有患者察覺自己已經沒辦法再回家團圓了。他們的模樣與眼底的光芒都不一樣。每當看到新裝上呼吸器的病患，直子的意識又會再度被拉回海底。

休息時間，美野里將在沖繩買的黑糖土產分發給同事。

「這是我跟主任一起買的。對消除疲勞很有效哦！覺得累的時候就吃一顆。」

年輕的護理師對著直子大聲道謝。直子看著黑糖袋子上畫的三味線、鳳梨和風獅爺，突然想起美野里的話。

——感覺起來，好像戴著呼吸器睡著了一樣。

剛來時任性又不好相處的美野里，不知從什麼時候起，成為和直子一起旅行的夥伴。當初直子和提拔自己的護理長認識時，也是從被責罵開始的。直子從來沒想過自己會離開、或是離得開這裡。但如果美野里想確定自己有沒有到新的地方工作的可能，似乎也沒什麼理由阻止她。直子將手裡的土產包裝稍微傾斜一些，從水中看到的太陽似乎又逼近眼底。

回公寓的路上，直子隨手打開手機，畫面上出現一則未接來電通知。是潛水屋的老闆。之前旅遊後接到他的電話，是因為把買來的土產全留在下榻房間裡。這次大概也是又忘了什麼東西吧？不過回想了整理行李的畫面，好像沒特別注意到忘了什麼。直子回撥電話給老闆。

「我是角田，前幾天謝謝您的關照。現在才發現您打電話給我，我又把什麼東西忘在那裡了嗎？」

老闆笑著回答：「沒有、沒有。這麼忙的時候打擾您真不好意思。」在秋風吹拂的夜路上聽到老闆的聲音，更深刻感覺到雙方腳下的土地有著多麼截然不同的景色。老闆說他儘量長話短說，接著立刻提到美野里的名字。

「是關於村下小姐的事。上次到沙灘來的潛水客裡，有一位是離島的醫生。他了解村下小姐的人品後，非常希望村下小姐能夠到這裡工作。我很雞婆，但我覺得如果可以的話，也應該跟身為長官的直子小姐您好好談過才行。」

「謝謝您的關心。不過無論村下想在哪裡工作，都應該由她本人決定，我信任她自己的判斷。」

「如果她到這裡來之後，才發現不是預料的那麼一回事，我也會很為難啊。感覺像是親戚把孩子託給我照顧一樣。她是個親切好相處的人，正因為這樣，我更不希望她日後感到後悔。一個人獨自離開生長的地方，必須有很大的勇氣才行。我們已經看過很多對南方島嶼滿懷憧憬，但來了沒幾個月就離開的人。一旦度假勝地變成生活場所之後，可說完全是兩回事。」

「謝謝您。我會找個時機，再問一問她的心意。」

「生活場所」這說法，光聽起來就有種很難跳脫的現實感。如果把生活當做第一考量，答案自然浮現。光是薪水，北海道的待遇就好很多。一旦原本休假時走訪的小鎮變成了工作地點，又該去哪裡找尋可以跳脫現實的地方？

關於離島的護理師工作，老闆告訴直子，他只說這麼一件事。

「為什麼沒有人在半年後願意續約？是因為找不到工作的價值和意義。讓玩樂的場所單純地做為玩樂場所而存在，這樣才是再好不過。畢竟如果每天都吃大餐，遲早也會煩膩的。在觀光勝地工作，我認為就是這麼一回事。」

簡短道謝後，直子結束了電話。

隔天晚上十點，充電中的手機突然震動起來。是美野里。

「不好意思，在值班室裡不太方便說話。」

「嗯。昨天潛水屋的老闆大概把事情都跟我說了，實際上要去工作的人是妳，如果妳想通了決定過去，我也不會阻止。老實說，如果妳現在離開醫院，對我們來說是很沉重的打擊，但我也不能因為這樣就勉強慰留妳。與其說是以上司的身分跟妳談，不如說這更像我的個性會直說的話吧。」

「直子姊，妳會在這家醫院一直待到最後嗎？」

突如其來的問題，直子一時不知該怎麼回答。如果身體健康的話，她打算一直工作下去。直子孤家寡人又沒有雙親，沒有任何東西會束縛她的腳步。明明父母健在卻選擇「天涯孤鳥」一途的美野里，與沒有任何親人可依靠的直子，這就是她們之間最大的差異吧？直子回首一路走來的生活，不知不覺間，自己已經變成想要保有一處歸屬的那種人了。「一直待到最後」這句話，狠狠地撞擊直子的胸口。她對自己說，該轉彎的時候，就好好地轉過去吧。

美野里以比平時還低沉的聲音說：「我想試試看那份離島的工作。」停了一拍後又繼續說：「不過，我還需要一些時間想想。」

時序進入十二月，除夕新年期間的出勤表終於排好了，直子的新年假期被排在一月中下旬左右。等到那時候，飛機票價也穩定下來了，想要去哪裡都不是問題。但直子想，今年休假就待在家裡，把凌亂的房間收拾乾淨也不錯。就算到沖繩去，那裡一月會放晴的機率也很低。

直子走出護理中心轉身前往更衣室時，被美野里喊住。

「新年假期，直子姊已經有計畫了嗎？」

「還沒有。」

美野里抿嘴一笑，窺探似的看著直子問：「那，要不要一起去沖繩？」直子以鼻子吐氣，回道：「一月風很大，雲也很多唷。」接著便繼續往更衣室走去。美野里依然不死心，重複說道：「一起去啦！」

「雖然不是一天兩天的事了，但我房間現在真的太亂了。年底前大概也沒時間可以打掃，所以我打算利用休假的時候好好整理一番。」

「直子姊的房間，打掃後住起來反而不舒服吧？那個房間維持那樣就好了啦。」

「五年前在 UNIQLO 買的刷毛衣還一直放在袋子裡，今年應該要把它拿出來了，還有，我八年前買的鱈場蟹也還在冷凍庫，總該拿出來處理一下了。」

「把刷毛衣帶去沖繩吧。至於螃蟹，再放個兩、三年也沒關係啦。」

美野里愈是積極邀約，直子愈是不想去。總之，她告訴美野里，這次年假她想過得悠閒一點。

「村下，妳該不會是希望我跟妳一起去沖繩工作吧？」

直子似乎猜對了。美野里把下唇翻出來，故意搞笑地說：

「如果可以跟直子姊一起去，我就沒什麼好猶豫了。」

「妳偶爾也把房間整理一下吧！」

在工作能力方面，美野里沒什麼好挑剔的地方。為了結束對話，直子最後只想得到這句台詞。披上駝色的長版羽絨外套，直子把美野里說的話遠遠拋在身後。走在寒冷的街道上，她的耳朵逐漸失去感覺。沿海地區雖然很少下雪，但潮濕的海風卻會讓體感溫度下降十度。

公寓的信箱裡塞著年底特賣會的廣告傳單和一個紅色信封。直子看了一眼寄件人，是須賀順子。雖然離聖誕節還有點早，但只要一收到順子的卡片，就會讓人意識到一年又即將告終。

高中畢業之後，直子沒有再和順子見過面。不過，每當收到順子隨著時節寄來的問候信，直子就會主動打電話給順子，交代一下彼此的近況。曾經同是圖書社社員的高中朋友們偶爾會談起順子，但大家光應付自己的生活就夠焦頭爛額了。每當談起順子，總是由直子負責幫大家更新她的近況消息。

除了工作以外，直子不喜歡握筆。無論對方是誰，互通郵件這種麻煩事，直子懶得做。如果有多餘的空閒時間，她寧願多睡一下或多看一部電影。年過四十的現在，直子已無法再過那種一路喝到天亮後直接去上班的生活。短時間的休假時，她會租ＤＶＤ回家看；若有長時間的假期，她就會潛入海裡去。

打開燈後，亂糟糟的房間出現在眼前。即使不開燈，什麼地方放著什麼東西，直子大概也都知道，因為那些東西已經好多年沒換過位置了。如果要說跟十年前有什麼不一樣，大概只有多了排放著雙親牌位的箱型小佛龕，還有——直子唯一允許自己擁有的奢侈品——具有錄影功能的五十吋大電視。早在親戚們開始爭吵之前，直子就把她出生長大的老家拆除，以地皮賣掉了。如果放著不管，可能會變成之後親友爭執的火種，所以直子才當機立斷去解決。失去雙親之後，沒人跟她談過繼承遺產的事。那些親戚，只有在父母昏迷時打電話來問：「房子要怎麼處理？」卻連探視都沒來過一次。

打開房間內的暖氣，對著佛龕雙手合十後，直子開始播放預錄好的電影。一邊看黑道電影的武打場面一邊吐槽，是直子除了潛水之外的另一個嗜好。

突然被殺掉的，是從旁邊探出頭、臉上掛著傷疤的敵方幫派少主。他被不動聲色的狙擊手擊中，血從嘴裡噴了出來。直子忍不住「唉」地嘆了口氣。明明打中的是心臟，演成吐血也太誇張了吧？被擊中消化器官的對手在地上掙扎翻滾時，一旁配角的小嘍囉們嚇得落荒而逃。看著狙擊手故作瀟灑離去的姿態，直子對著他碎念：「既然要開槍，你也應該瞄準眉間才對吧！」但無論開槍打哪裡，馬上就吐血怎麼說都還是太早了些。

房間要再等一會兒才會變暖，還穿著羽絨外套的直子，拆開了順子寄來的信。在聖誕樹造型的卡片背面，印著順子工作的保險公司廣告。順子那總是往右上方歪斜的字體，最近變得較圓柔了些。

今年也快結束了，妳那邊很冷吧。一切都還好嗎？這個月中旬後我要去醫院待幾天，所以今年提早幾天寄卡片給妳。我只是去住院檢查，不必擔心。小輝打工的設計師事務所似乎很器重他，看到他每天滿心期待地出門，連我也覺得很開心。我們家老爸明年就七十歲了。請代我向大家問好，祝妳新的一年也事事順利。

我會一直為直子的幸福祈禱著。　順子

房間變暖和後，直子將羽絨外套脫下放到一旁去。煮熱水做了茶泡飯，把冰箱角落裡的袋裝醃蕗蕎夾到小碟子裡。直子先喝了幾口罐裝啤酒潤潤喉，再把今天的晚餐拿到電視前。

直子一邊看著莫名其妙鮮血四濺的電影，一邊大口扒著茶泡飯。本來想趁上頭的霰餅米果還沒吸太多湯之前把它吃掉，但在直子剛剛喝啤酒時早已泡爛了。吃完茶泡飯，直子把醃蕗蕎當成下酒菜，又開了一瓶啤酒。

手下一個個被殺掉的黑道大姐頭撂下狠話，讓雙方的對抗更加激烈。伴隨著男人們殺來殺去的嘶吼聲，直子不斷把醃蕗蕎放進嘴裡，不一會兒，原本堆得如一座小山高的醃蕗蕎只剩下一半。劇情即將邁入最後的高潮之際，手機突然響了起來，來電顯示為「村下美野里」。直子同時按下錄放影機的暫停鍵與手機的接聽鍵，電視正停在斷指謝罪的畫面上。

「晚安，現在方便講電話嗎？」

「現在正精采的哩。」

聽到直子正在看黑道電影，美野里放聲笑了出來。

「直子姊，妳不會想參與手術嗎？」

「我在內科病房待太久了，很難啦。我已經不年輕了，沒辦法只因個人喜歡或討厭就衝動換工作。努力不讓工作去影響興趣，才是最重要的。」

「興趣和工作的界線呀……」美野里的口氣一沉，陷入沉默之中。「如果心中猶豫不定，那就實際去當地看一看比較好吧？」不僅這麼想，直子也把話說出口。

「對啊。老實說，我也不清楚自己是不是在猶豫。雖然很想去試試看，但好像還缺少了能推我一把的臨門一腳。」

「我想，那是因為妳對現在的生活還有留戀。到底是什麼讓自己放不下？給自己好好思考的時間也很重要啊。」

這些年以來，在陪著年輕護理師商量煩惱的過程裡，很奇妙地，直子愈來愈懂得如何侃侃而談，提出適當的建議。話說回來，這大概也是拜自己麻煩又執拗的性格所賜吧。每當遭遇問題或心存猶疑時，直子沒辦法開口向他人示弱或尋求建議，所以經常一人分飾兩角，扮演上門諮詢者與諮商心理師之間的互動。這樣的習慣，也讓她很容易想像到對方接下來會說什麼話。

「我想，大概是對自己能不能解決理想與現實之間的差距沒有自信吧。」

「只要妳清楚這一點，剩下的就是心情調適的問題了。」

美野里的回答顯得有些遲疑，之後她沒能再說什麼。直子也是。「直子姊，」美野里一開口後又沉默了幾秒。

「要去離島擔任護理師，還是老手比較適合，對吧？」

不只離島，到哪裡去都一樣。直子這樣回答。

「村下，妳已經算老手了。對自己的能力多點信心吧。」

本來沒這個意圖，但直子卻不自覺地說了鼓勵她去挑戰的話。即使這些話可能像火上加油，但若是硬要強迫現在的美野里一味考量職場上的利弊得失，也實在不像直子的作風。

直角——需要轉彎的時候，就好好地轉過去。

掛上電話之前，直子有一件事想問問美野里，就是她對直子從水底下眺望太陽的舉動的評論。

「妳說過，我從海裡遠眺太陽時，看起來像戴著呼吸器一樣，對吧？」

「看妳那樣做過好幾次，所以就稍微有那種感覺。我的描述讓妳不高興了嗎？」

「不是啦。老實說，妳的說法讓我有些震撼。我爸媽臨終前，就是那副模樣。有時候我會想，把氧氣瓶拿掉究竟會有多難受？如果就那樣失去意識又會如何？雖然這麼想，但不知不覺地我的腳又會開始打水向上游去。」

「直子姊，在海底把氧氣瓶拿掉，並不是個良好嗜好哦。」
「是啊，完全不是良好嗜好。」
「有時候，對於某些患者，我也會……想幫他們把呼吸器拿掉。當我看到有些患者根本沒人來探望，感覺上家屬也只希望醫院等人死了再聯絡他們的時候……只要一想到這些失去意識的患者，或許其實也可能可以和他人溝通心思，就令我對自己感到毛骨悚然。」
電視畫面還停留在刀子切進小指的那一幕。劇情究竟為什麼演到斷指，直子已經忘記了。
「對於妳爸媽，直子姊，妳有什麼遺憾嗎？」
「那倒是沒有。」
「那妳為什麼會用那種方式眺望太陽呢？」
「我想知道，處在長時間陷入昏迷的狀態中，他們到底有什麼樣的感覺。」
但即使了解，也不能改變任何事。這一點，其實直子自己再清楚不過。可是一旦開始思索，便一直在相同的地方兜圈子。
「問了這麼奇怪的事，不好意思啊。對於老覺得被父母拋棄的我來說，直子姊的感受很不可思議。」
「被拋棄？」

至今從未觸碰過的疑問，此時直子坦率地說出口。

「如果我爸媽還活著的話，我大概也不會想到這些事。妳一定也有妳的理由，所以我不曾想過去批判妳的選擇。」

美野里回話時的口氣，遠比她說的內容還開朗許多。

「有點複雜就是。我媽和帶著小孩跟她再婚的男人，在分手時鬧得很不愉快。她答應了我繼父的條件，把我留下就離開了。所以，繼父帶著我這個他根本不想要的小孩，後來又和別人再婚了。至於我的親生母親，早就下落不明。國小六年之間，不斷發生這些狗屁倒灶的事，害我對所謂的血緣關係一點期待都沒有。」

語畢，美野里笑著問這樣的說明聽得懂嗎？直子回答完全了解後，美野里以乾癟的聲音笑著。雖然理由完全不一樣，但她們都是沒有雙親的人。這麼一來，如鯁在喉的感覺煙消雲散，輕鬆多了。

「過年後，如果我突然想去沖繩，可以到那裡找妳嗎？」

「當然啊！我會一直等妳的。」

掛上電話後，直子也把電視關掉了。在寂靜的房間裡，只聽到外頭車輛駛過的聲響。夜裡的聲音，似乎一個個靜靜地相互喧囂著。直子從紅色信封裡再次拿出聖誕卡片，重讀後，她突然擔心起順子十二月中旬入院檢查的事。是那間醫院太冷清到可以馬上就住院？還是狀況緊急到必須趕快住院？到底是哪一個？如果是去順子兒子平時看診的醫院做年底全身健康檢查，似乎就還說得過去。不好的預感閃過胸口，直子無法說服自己只是想太多，更難以一笑置之。

——我會一直為直子的幸福祈禱著。

直子不斷重複看著這一行字，思索為什麼她們會一直透過信件和電話保持聯繫。和順子一起私奔的男人，當時已經有老婆了。那時的直子，對於自己以護理師之姿支撐患者的未來，未曾有過絲毫懷疑。此生唯一一次的戀愛，大概跟順子的事發生在差不多的時間吧。一想到這些事是否在她年過四十後的現在還糾纏不已，直子開始反常地反省起來。以慘烈的戀情回憶來保護自己的人，說不定就是自己。

悠長累積而至的歲月，也是一種現實。當中發生過的喜怒哀樂，都無法被否定。但，即使如此……為什麼那時候不拿下父母的呼吸器呢？實際上，自己說不定曾經做過？想像與現實交錯的黑洞，讓她無處可逃。

——我會一直為直子的幸福祈禱著。

不知為何，突然很想見須賀順子。見見她，親眼看看無悔地活著是什麼模樣。

一月底，直子動身前往東京。有五天假期卻一天都沒有跟美野里一起行動，已經是很久以前的事了。出門時沒帶著個大皮箱，似乎也是好多年前的事了。

順子雖然在電話裡說「東京還很冷哦」，但東京中午時分的太陽，卻讓直子想起北海道東部的晴朗初夏。到處都是人潮。長久以來只去過釧路當地的購物中心或海邊的直子，對眼前滿是人潮的景象感到頭昏眼花。簡直就像祭典的會場一樣。

她跟順子約在東京巨蛋飯店的一樓大廳休息室會合，畢竟在人潮眾多的街上走來走去實在太累人。下午三點，休息室中有個女人揮著手朝她走來，讓直子懷疑起自己的眼睛。本來圓鼓鼓的臉，如今只剩顯眼的顴骨，眼角與嘴角也滿是皺紋。她身上的黑色套裝完全不合身，看起來像是不知從哪兒借來似的。直子從長板凳上站起身來，卻連手也沒揮，只一直凝視著對方。

「妳是順子嗎？」

「是啊。我變瘦了點，看起來也像個歐巴桑了吧？真是不好意思，讓妳看到我這個樣子。」

那絕對不是正常的削瘦。攀附在嘴角的皺紋、滿布銀絲的短髮，和直子收到的照片中的須賀順子一點都不像。看見與自己同年卻衰老得不像話的順子，直子完全不知道該說什麼。

直子突然想起順子年底住院檢查的事。順子在電話中說「不礙事」，自己竟然真的相信，真是太不應該了。看得出來，病況正在惡化中。順子的眼神，如同那些入院時就知道自己已回不了家的末期患者。

本來直子打算在晚餐之前就和順子在休息室裡聊聊，然而一看到順子的模樣，便知道這樣對她而言太吃力。她雖然穿著套裝，但看到她那出現黃疸症狀的皮膚與眼睛，直子想要找張床讓她躺著休息。問她是怎麼到這裡的，順子回答她是一路換乘電車過來的。

直子心想，得先讓她坐下來才行，於是開始尋找休息室中哪裡有空位。入口處雖然還有一個空位，但附近人很多，於是直子決定帶順子到房間裡聊，便拉著順子坐上電梯。

踏入位於二十樓、可以眺望東京巨蛋的飯店房間後，順子走到窗邊，接連說「見到妳真開心」、「好漂亮哦」。晚一點暮色降臨後，五彩繽紛的霓虹燈與夜景應該會讓景致更加美麗夢幻。比起人多的地方，這裡應該更能讓人安心吧。

「我想請客房服務送些飲料上來，順子想喝什麼？」

順子說礦泉水就好，直子便從冰箱拿了一瓶出來。順子拿著礦泉水，直子則拿出一瓶薑汁汽水，兩人都往窗邊走去。直子拿了一把有靠背的椅子讓順子坐著，把飲料放在桌子上。順子坐下來後，削瘦的大腿更加顯眼。直子將放在壁面層架前方的椅子轉過來，自己也坐下。飯店將雙床房改成單人房用真是太好了。

「晚餐也叫客房服務吧。」

順子滿是皺紋的臉上浮現笑容，點了點頭。她用力轉著水瓶的蓋子。眺望著被暮色籠罩的東京巨蛋，順子一臉不好意思地嘟囔道：「還差一點就打開了。」

「小輝呀，一邊念研究所，一邊在教授的設計師事務所打工。聽說他們希望小輝畢業後直接留下來工作，我想，那裡真的是非常棒的學習環境。」

「小輝和你們家老爸身體都好嗎？」

嗯——順子的瞳孔閃耀著光芒，彷彿把她所有的生命力都聚集在眼底一般。談到兒子時，是她最熠熠發亮的時候。直子無法將眼光移開，就這麼聽著順子說話。

「直子，我跟妳說，如果小輝可以正式到事務所工作的話，聽說可以到西班牙去進修呢！到時候他就能親眼看到好多到目前為止只看過照片的建築物了。我和我們家老爸，每天都期待小輝跟我們分享他聽到、看到的事呢。」

順子彷彿想把高中畢業後沒見面的時間全都填滿一般，滔滔不絕地說著。她詢問圖書社的人家都還好嗎？直子表示最近大家沒什麼機會見面。

「人家工作與家庭都很忙碌的樣子，最近連每年一次的聚餐都很難找出時間。有時我會跟她們說說妳的近況，大家都很想見見妳呢。」

雖然每個人想見順子的原因各有不同，不過她們隔一段時間必定會提起順子的話題。因為擁有自己的家庭而失去個人時間的這個年歲，可以放下一切來見順子的也只有單身的直子一人。太陽即將西沉，在逐漸昏暗的房裡，只有順子所在之處看來像覆蓋上一層薄膜。直子明白，順子剩下的歲月已經不是以年為單位來計算了，她絕對是硬撐著過來和直子見面的。

突然，直子想像起或許明天就死去的自己。順子的身影，和明天的自己相互重疊。對於自己也已走到這般年歲的感慨，以及不知該怪罪於誰的憤怒，滿溢在直子心底。沒有道理啊——這個世界的「真理」在直子心中開始鬆動，變得分崩離析。

「順子，妳不用住院治療沒關係嗎？」

「嗯。雖然我之前是保險業務員，但卻完全沒幫自己買醫療險。老實說，實在是沒辦法負擔到那邊去。」

跟直子想的一樣，她剩下的時間只能以月為單位計算。順子笑著說，不知道自己能不能看得到今年的櫻花盛開。夜色漸深的街道，被五光十色的燈飾妝點上鮮明的色彩。看著下方的燈光，順子開口說：

「因為直子是護理師，妳應該一看就知道了。本來還想說如果妳沒發現，我就假裝炫耀自己減肥成功好了。果然還是瞞不了妳。」

詢問順子關於她生病的事，就等於直接問她什麼時候會死一樣。直子只好強打起精神，改聊起高中時代的事。

「我在信裡看到妳把兒子取名為小輝的時候，就笑出來了。我馬上想起以前只要一去社辦，天天都在聽寺尾聰的歌啊。」

「那時候我們每天光聊自己喜歡誰啊、同學吉他彈得多爛啊、書本和八卦啊、找工作的事還有老師的壞話。當時真的很快樂。」

谷川與美菜惠結婚的事，直子已經跟她說過了。如果提到美菜惠結婚的話題時，什麼都不說也很奇怪。因為她就是無論別人或自己的事，都採「直角」處理的「角田直子」啊。直子知道，如果提到高中時代的事，順子一定會掉進關於谷川的回憶裡。沒辦法談論未來而留白的時間，唯一的救贖就是聊聊過去的回憶了。順子一派自在地笑著說。

「聽妳說谷川和美菜惠結婚時，我真是嚇了一大跳。我從來不知道美菜惠也那麼喜歡他。我啊，在無意中似乎傷害了很多人吶。」

「我不覺得妳傷害了誰。因為每個人都是自己選擇，自己做決定的。」

「是嗎？謝謝妳。聽到直子這麼說，我安心多了。」

說完後，順子笑到整張臉皺成一團。看到順子的模樣，實在令人替即將失去她的小輝與他們家老爸感到難過。

「我媽媽現在也到我家來了呢。家裡男人多，實在挺不方便的。但可以幫我這麼多忙的，真的也只有自己的媽媽了。」

順子喊了聲「直子啊」，眼神又亮了起來。

「這段時間，我的內臟雖然都快不行了，但是眼睛卻很健康哦。」

她笑著說，春天來臨後，她就可以成為小輝的眼睛，跟他一起去看這個世界了。

「雖然不該說是期待死去，但怎麼說呢，其實我還是滿心期待。」

小輝遲早需要移植眼角膜。不知道為什麼，直子覺得順子來到這裡就是為了跟她說這件事。

順子似乎完全不在意，日後自己並沒有辦法看到兒子手術成功的模樣。一想到可以把眼角膜留給兒子，順子或許根本忘了自己的死亡已經迫在眉睫。

霎時，直子想到戴著呼吸器死去的雙親，是否在他們尚具意識的某處，早就接受了死亡，並且靜候那一天來臨？安靜地、緩慢地，直子第一次覺得自己被原諒了。不是任何人，而是被一名叫須賀順子的天使原諒了。

直子知道，順子應該沒有食慾，大概也沒什麼特別想吃的。她請客房服務送來三明治和草本茶飲。順子拿起一塊三明治咬著。

「好吃。」

順子花了好長的時間才把嘴裡那一口三明治吞下去，說了聲「謝謝」。

當窗外景色被夜色籠罩之際，順子沉靜地嘟囔一聲。

「好漂亮哦。」

在不遠的將來，順子的眼睛將會為了看見這個世界去旅行。她所開心的事，果然是一件值得高興的事吧？直子屏住呼吸，收起百感交集的思緒後問道：

「順子，妳很幸福吧？」

「當然！」

她以僅剩的高昂聲音回應。

順子離開後，直子把已經乾掉的三明治吃掉，隨後站在一直沒拉上窗簾的窗邊。在順子離去之際與她相握的手掌上，還留著她的體溫。被遺留在這個深夜裡的，只有直子胸口的難過苦澀。

直子將手機從包包裡拿出來。被寂寞感包圍的此刻，她非常想聽到美野里的聲音。直子想，在這時間接到電話也不會介意的人，大概也只有美野里了。從手機電話簿中找到美野里的名字，撥話出去。直子閉上眼，從水底遠眺的藍色太陽逐漸擴大。來電答鈴被中斷的瞬間，那一片藍也更加深濃。

「不好意思，旅行中還打電話給妳。晚飯吃了嗎？」

「還沒，這裡才剛天黑呢。看來我們的時差很大哦。」

從直子的笑聲中，美野里似乎敏感地察覺出什麼。她問直子，發生什麼事了嗎？直子沒把順子的事說出口。一旦提及順子，寂寞的感受彷彿就會從身體裡崩塌碎落。明明數十年沒見過面了，這場在生命即將結束之際的唯一一次再見，又在順子心中留下些什麼？

「裝酷一個人跑來東京旅行，結果從第一天就覺得很無聊。剛剛在想明天要做些什麼，卻一點頭緒都沒有。」

「沖繩的天氣還不錯，氣溫也不會太低哦。」

「那，我可以過去嗎？」

「當然！」

美野里的話，與殘留在耳邊的順子的聲音重疊了。

順子，妳很幸福吧——？

當然——！

深夜裡，熠熠生輝又五彩繽紛的燈飾在眼前變得模糊。

在直子的眼底，從圖書室窗戶向外看出去的夏季濕原蔓延著，四處一片深綠。

一條黑色的河川在濕原上蜿蜒蛇行，滔滔河水將岸邊的景色送往大海。連綿盤曲的水流，同心一致地朝河口奔流而去。

每個人，都朝向著大海。

人生的河流，朝向明日湍湍流去。

國家圖書館出版品預行編目 (CIP) 資料

蛇行之月 / 櫻木紫乃著 ; 陸蕙貽譯.
-- 初版. -- 臺北市 : 博識圖書, 2017.12
面 ; 公分
ISBN 978-986-95333-3-1（平裝）

861.57 106019030

VY004

蛇行之月

定價 240 元

2017 年 12 月 初版第 1 刷

作者 櫻木紫乃
譯者 陸蕙貽
封面設計 朱疋
特約編輯 楊裴文
協力編輯 蔡易伶

總編輯 陳瑠琍
主編 黃炯睿
資深編輯 顏秀竹・蔡易伶
編輯 何秉修・黃婉瑩
美術設計 嚴國綸
行銷企劃 李皖萍・楊詩韻
出版者 博識圖書出版有限公司
劃撥帳號 19599692・博識圖書出版有限公司
總代理 眾文圖書股份有限公司
新北市 23145 新店區寶橋路二三五巷六弄二號四樓
網路書店 http://www.jwbooks.com.tw
電話 (02) 2369-9978
傳真 (02) 2369-9975

Printed in Taiwan ISBN 978-986-95333-3-1